Fred Haller – Karl Kieslich
Die Matzöder Räuber

Fred Haller – Karl Kieslich

Die Matzöder Räuber

Altbayern im 19. Jahrhundert

Ein Buch über die Mitglieder
der Matzöder Räuber:

Franz Matzeder aus Matzöd bei Simbach
Franz Reiter aus Birköd bei Massing
Augustin Klingsohr aus Neumarkt
Franz Unertl aus Stadel bei Simbach
Franziska Erlmayr aus Oberschabing bei Simbach
Xaver Harlander aus Dettenau bei Eggenfelden
Georg Weger aus Pleiskirchen
Sepp Matzeder aus Matzöd bei Simbach
Stephan Freilinger aus Gottholding bei Eggenfelden

Impressum

ISBN 978-3-942747-24-5
1. Auflage 2013

Alle Rechte vorbehalten.
Printed in Germany.

Verlag: Cl. Attenkofer'sche Buch- und Kunstdruckerei
© Verlag Attenkofer, 94315 Straubing

Illustrationen: Robert Führmann

Inhalt

Prolog 8

Franz Matzeder 11
Hungerjahre 13
Die Suppnhenn 16
Allgemeine Schulpflicht um 1803 in Bayern . . 19
Sonn- und Feiertagsschule 21
Räuberhauptmann 22

Franz Reiter 23
Die Familie Reiter 24
Dienstbotenbuch von 1884 25
Weihnachten 1829 31
Bairisches Geld und Kaufkraft um 1815 37
Verdienst von Knecht, Magd
und Tagelöhner 38

Augustin Klingsohr 39
Die Freibrecher 40
Tagelöhner 45
Wohnverhältnisse im 19. Jahrhundert 47
Häuslleut 49
Großbauern 50
Der Bräutigam – zum Schmunzeln 52

Franz Unertl 53
Beim Unertl auf Stadel is Kirda 54
Die einfache Bauernkost im 19. Jahrhundert . . 58
Brennsuppn 59

Franziska Erlmayr ... 60
Über die Fanni ... 61
Gemeindeverordnungen ... 65
Anträge und Klagen an die Gemeinde ... 67
's Versteck am Koidn Brunn ... 68
Hochzeiterin ... 69
Erblassenschaft des Philipp Matzeder ... 73

Xaver Harlander ... 74
Überfall auf Breitreit ... 75
Der Nachtwächter ... 84
Raub bei Dreiprechting ... 86

Georg Weger ... 93
Da Flenkerl ... 94
Die Dorfgemeinde bestimmte,
wer heiraten durfte ... 96
Heiratsvertrag von 1827 ... 99
Verhängnisvoller Heimweg ... 100
Leichenzug ... 103
Begräbnis einer Gemeindearmen um 1852 ... 106

Sepp Matzeder ... 107
Da Wuidara Sepp ... 108
Ein Maßkrug geht um – zum Schmunzeln! ... 113
Gerichtsverhandlung gegen Sepp Matzeder ... 114
Festsetzung ... 116
Verhandlung ... 119
Beim Apfeböck ... 121
Hinrichtungsstätte am Hagen zu Straubing ... 124
Die Nachricht ... 125
Der Geist ... 128

Reue 130
Scharfrichter 137
Auszug aus der Anrede 146
Notzucht an Franziska Erlmayr 148
Der Kirchenwächter 151
Mord ohne Sühne 153
Auszug aus der Grabrede 156

Stephan Freilinger 157

Der Feierdeife 158
Der Feldhüter 161
Brandstifter und Mörder 162
Als Schneiderlehrling auf der Stör 165
Dampfnudeln 167
Nomoi brennts 168
Die Räuber in der Straubinger Fronfeste . . . 172
Die Verhandlung gegen Franz Unertl
und Xaver Harlander 174
Die Bänkelsänger 180
Räuberlied 181
Matzeder und Reiter
im Wachsfigurenkabinett 184

Glossar 186
Quellen 188
Bildnachweis 189
Zu den Autoren und dem Illustrator 191
Buchhinweis 192

Prolog

Wen mag es verwundern, wenn ausgegrenzte junge Burschen, die in der Gesellschaft keine Perspektive fanden, eigene rebellische Wege beschritten?

Der schlechte Charakter bodenständig erzogener Männer wurzelte wohl oft in den Lebensverhältnissen und nicht zuletzt in der Verurteilung durch die vermeintlich besseren Zeitgenossen.

Der ländlich geprägte niederbayrische Raum lag im jungen 19. Jahrhundert ganz unromantisch arm und geschlagen danieder. Die Napoleonkriege hatten das Land ausgezehrt, Missernten trieben die Preise für Nahrungsmittel in die Höhe und die gesellschaftliche Ordnung ließ noch viel Raum für Ungerechtigkeit und Ausgrenzung.

Trotzdem wurde nicht jeder Benachteiligte zum Räuber. Viele Menschen, die ihr Auskommen mit ihrer Hände Arbeit nicht sichern konnten, erbettelten sich ihren Lebensunterhalt oder hielten sich mit kleinen Gaunereien über Wasser. Andere jedoch, die ein besonderes Maß an Skrupellosigkeit, Brutalität, aber auch Intelligenz mitbrachten, gingen den vermeintlich leichteren Weg und nahmen ihren Teil von den Reichen. Ihre Taten sind auch als Aufbegehren gegen die ungerechte Gesellschaft zu deuten. Sie nahmen ohne Reue von den Gewerbetreibenden, den Kirchenmännern und den Großbauern, die ihren Reichtum doch nur durch Ausnutzung der billigen Tagelöhner vermehrten.

Wer einmal straffällig wurde, der hatte wenig Chancen auf einen sozialen Neubeginn. Oft waren es auch Schicksalsschläge, die Menschen zu Heimat- oder Arbeitslosen und schließlich zu Kriminellen werden ließen. Kleinbauern, die, bedingt durch Missernten, ihre Hypotheken nicht abbezahlen konnten und ihre Höfe verloren, Tagelöhner, für welche die saisonalen Anstellungen nicht ausreichten, um den Lebensunterhalt zu bestreiten, desertierte Soldaten oder Menschen, die aufgrund ihrer familiären Herkunft keine Chance bekamen, wurden aus der Gesellschaft hinausgedrängt. Sie erfuhren Missgunst und Verfolgung durch die Staatsgewalt und durch die Bevölkerung.

Auch für Franz Matzeder galten die typischen Attribute des Verlierers: unehelich geboren, vorbestraft nach einer Rauferei, arbeitslos. Der anarchische Charakter des rauflustigen Burschen war zum „Duckmausen" oder Betteln nicht geeignet. Er wollte dem verhassten System widerstehen und sich seinen Teil notfalls mit Gewalt nehmen. Bald scharte er andere Halsabschneider und Gleichgesinnte um sich und wurde der Anführer der Matzöder Räuber. Bis zu seinem Tod reute ihn weder Raub noch Mord.

Steckbrief

Franz Matzeder

geboren 1810, lediger Häuslersohn
aus Matzöd bei Simbach

Franz Matzeder

Vor ihm fürchtete sich ganz Altbayern. Er galt als besonders gefühlloser und brutaler Haudegen und war der Kopf der Bande.
Schon in seiner Lehrzeit als Maurer in Arnstorf prügelte er einen der Gesellen halb tot und wurde daraufhin zu fünf Jahren Arbeitshaus verurteilt, die er in München Neudeck verbüßte.
Nach seiner Freilassung war sein Schicksal als ehemaliger Zuchthäusler besiegelt. Von da an zog er mit Spießgesellen, in erster Linie mit Franz Reiter, durch weite Teile Altbayerns und raubte bei den wohlhabenden Bauern. Nach den Überlieferungen gehen insgesamt neun Morde auf sein Konto, doch konnten diese ihm nicht alle stichfest nachgewiesen werden.
Sogar verstärkte Abordnungen der Gendarmerie führte er jahrelang an der Nase herum und fand gegen einen Obolus oder Androhung von Gewalt Unterschlupf bei armen Häuslern und Gleichgesinnten.
Franz Matzeder saß wegen seiner Verbrechen drei Mal, insgesamt 16 Jahre, im Gefängnis.
Am 23. Juni 1851 wurde er schließlich in Straubing hingerichtet.

Franz Seraph Matzeder wurde am 18. Juli 1810 in Sünde geboren. Eine ledige arme Seele brachte den kleinen Buben zur Welt, dem zeitlebens die Boshaftigkeit ins Gesicht geschrieben stand. Durch seine Verstocktheit und Gefühllosigkeit ließen sich schon im Kindesalter einige alte Weiber zu unheilvollen Prophezeiungen hinreißen. Ob sie nun recht behielten, weil der Teufel selbst von seiner Seele Besitz ergriffen hatte, oder ob die widrigen Umstände der Armut und Ausgrenzung den jungen Charakter des Franz Matzeder geformt hatten – wer kann das heute beurteilen? Fest steht, dass er sich mit dem Leben als Hungerleider, wie es viele Tausend Häusler dieser Zeit stillschweigend ertrugen, nicht abfinden konnte. Er lebte nach seiner eigenen Moral von Besitz, Loyalität und Gerechtigkeit. Wer kann heute nachempfinden, wie tief die Armut und wie schmerzlich die Demütigung durch die Obrigkeit zu Beginn des 19. Jahrhunderts war? Wie kein anderer zu seiner Zeit hatte Franz Matzeder die Decke der Bedeutungslosigkeit durchbrochen. In seiner niederbayrischen Heimat um Simbach erzählt man sich noch heute manche alten Räuber- und Mordgeschichten. Diese klingen bisweilen fast heldenhaft, war er doch einer, der nach einem besonderen Ehrenkodex nie bei den armen Leuten, sondern nur bei den reichen, den „Protzbauern", wie er es selbst ausdrückte, genommen hat.

Die umfangreichen Recherchen zeichnen jedoch ein anderes Bild. Freilich war Franz Matzeder bei keinem Psychiater, der die Ursachen seiner Andersartigkeit in der Gesellschaft suchen oder mit einer traumatischen Jugend entschuldigen konnte. Keiner konnte ihm ins Herz schauen. Fest steht aber, dass detailgetreue Schilderungen in Gerichtsakten und die dokumentierte Beurteilung der Geistlichen, die ihn das letzte Wegstück bis zu seinem Tod begleitet haben, ihn als einen durch und durch frivolen und bösartigen Verbrecher beschrieben. Er ging durch die Spirale der Gewalt.

Hungerjahre

Zusätzliche Not kam in den Jahren 1816 und 1817 über ganz Europa. Zwei Jahre wollte die Sonne nicht scheinen und das Getreide auf den Feldern nicht reifen lassen. Über die Sommermonate regnete es fast jeden Tag. Kartoffeln ersoffen in der matschigen Erde und das Getreide konnte erst in den späten Herbstmonaten in nassem Zustand eingebracht werden. Vieles ist umgekommen und blieb auf den Äckern zurück.

Die Aufzeichnungen aus einer Pfarrei in Landshut bezeugen die Auswirkungen dieser Hungerjahre:

Im Jahre 1816 entzog Gott, der weise Weltregent, den Feldern seinen reichlichen Segen. Er erschien zur Kornblüte im Reife (Frost) und den Sommer machte er nass und kalt. Da ward denn ein Missjahr für ganz Europa. Russland war ausgenommen, über dieses Land schüttelte er sein volles Maß des Segens aus. Von daher ward allen Nachbarländern und auch unserm Vaterlande Bayern durch Zufuhr Erleichterung der Not. Der Wucher aber erkünstelte einen seit Menschengedenken ungekannten hohen Preis des Getreides. Gott verkürzte nicht bloß den Segen des Getreides, sondern auch das Gedeihen der grünen Früchte und des Heues, und so ward das Jahr 1817 ein Leidensjahr für die Menschheit.

Der bayrische Scheffel (entspricht ungefähr 222 Liter) Weizen galt auf manchen Schrannenplätzen 100 Gulden, das Korn 80, Gerste 60, Mischling 40 und Hafer 20 Gulden. Alle Lebensbedürfnisse standen mit den Getreidepreisen verhältnismäßig im hohen Werte. Gott ließ den Abbruch seines Segens alle Stände fühlen, und machte die Herzen der Wucherer offenbar; der Vorhang ihrer Pläne und Gefühllosigkeit rollte sich auf. Die großen Getreidehändler hatten eine Menge Unterhändler, so waren sie immer im Besitze des meisten Getreides und gaben im Voraus von acht Tagen zu acht Tagen den steigenden Preis des Getreides an, wie man kaufen und verkaufen wollte.

Was kümmerten sie sich um die Tränen ihrer Mitbürger. Das Geld ward nun ihr Gott, wucherische Spekulationen ihr Gottesdienst und das Elend der leidenden Menschheit das Opfer. Bei diesen leidigen Umtrieben stand sich unter den Bewohnern des platten Landes der Großbauer, der verkaufen konnte, zwar gut, aber der mittelmäßige Landmann war notgedrungen, seine Dienstboten zu entlassen und musste schon im Frühjahr Speisegetreide nicht selten mit ausgeborgtem Gelde kaufen. „Zweirößler" (als Zwei-Rößler-Anwesen bezeichnete man einen halben Hof, auch Hube) mussten sich oft mit Brot, ganz aus schwarzen Pferdelinsen bereitet, begnügen und Familien, die sich sonst ehrlich fortgebracht hatten, mussten öfters die Patengelder ihrer Kinder, die Zugochsen, die Kuh, so manches andere Notbedürfnis des Hauses dazu verwenden, um nur wieder auf einen Monat Brot zu bekommen. Noch misslicher sah es in den Städten aus. Der Reiche durfte freilich keine Not leiden, er konnte alle Nahrungsmittel auf dem Markte um teures Geld haben, aber die mittelmäßigen Bürger fanden oft keine Arbeit und so keinen Verdienst, und mangelte auch dieser nicht, so war er doch nicht hinreichend, um damit das teure Brot zu erschwingen. Da musste denn so manches Hauseinrichtungs- und Kleidungsstück versilbert werden, um die nach Brot schreienden Kinder wieder stillen zu können. Eine Menge Handwerksgesellen wurden arbeitslos. Man sah sie auf allen Straßen. Die einen suchten ihr Heil in der Familie und reisten zurück in ihre Heimat, andere wiederum zogen hinaus, um in fernen Ländern das Glück zu versuchen. Die Zahl der Armen wuchs von Tag zu Tag immer größer an und Bettler waren außerordentlich viele. Das tägliche Brot ward allenthalben in diesem Jahre aus einer Mischung von ganzem Weizenkorn und Gerstenmehl sowohl von den Hausmüttern als den Bäckern bereitet. Man aß mehr als sonst, ward satt, aber bei allem Essen war man matt und müde. Jene, die anfangs lauter Kornbrot aßen, taumelten wie Berauschte, wurden krank, aber doch bald wieder gesund; und Gott haben wir es zu danken, dass in diesem harten Jahre bei den vielfach veränderten Nahrungsgenüssen gar keine epidemischen Krankheiten herrschten.

Ausgediente Dienstboten waren von der Hungersnot besonders betroffen.

Andere Länder, die diesen Getreideboden nicht wie das gesegnete Bayern haben, litten überaus viel; so manche Familie, der es an Speisegetreide, Geld und Kredit gebrach, auch bei ihren armen Mitbürgern nicht um Brot zusprechen konnte, nährte sich von Wurzelkost; ja man las in öffentlichen Blättern, dass hungrige Arme das Fleisch von gefallenem Vieh an sich rafften und verzehrten und dass so mancher entkräftete Hausarme, der nicht mehr die Hilfe des Mitleids in Anspruch nehmen konnte, als Opfer des Hungers starb.

Da hat endlich Gott das Um-Hilfe-Rufen seiner Menschenkinder erhöret und ist als unser Brotvater ins Mittel getreten; schüttete 1818 wieder Gedeihen und Segen über die Fluren herab, gab wieder ergiebige Getreidefrucht und Brot und trocknete mit mitleidsvoller Vatergüte die Tränen von unsern Augen ab. Eine gemeinsame recht herzliche Freude bemächtigte sich der Herzen aller Blutgesinnten beim Anblick der von Gottes Hand behüteten und nun bescherten reifen Kornfrüchte. Um nun das Leiden vom Jahr 1817 und die Freude über den neuen Erntesegen, darauf man schon mit dem Dreschflegel auf der Tenne wartete, im Andenken bleibender zu erhalten, ward der so heiß ersehnte Erntetag der Pfarrei durch eine religiöse Feierlichkeit am 9. Sonntag nach Pfingsten – den 27. Julius – geheiligt durch nachbeschriebenes Erntefest.

Die Suppnhenn

Zum kleinen Anwesen, das Philip Matzeder zusammen mit seiner Frau Elisabeth und den Kindern Franz, Klara und Sepp im Südosten von Simbach bewirtschafteten gehörten ungefähr dreieinhalb Tagwerk.

Die Fläche teilte sich auf in ca. eineinhalb Tagwerk Wald, aus dem das erforderliche Brennholz geschlagen wurde, ein Tagwerk Wiese für den Heubedarf der paar Ziegen für den Winter und einen Flecken Acker, wo Kartoffeln angebaut wurden. Die Bereitung des Bodens musste ein Nachbar übernehmen, da die Familie kein Zugtier halten konnte. Neben dem aus Ziegeln gemauerten Haus gab es nur einen kleinen Schuppen und einen Backofen.

An einem milden Nachmittag im Frühherbst war Philip Matzeder damit beschäftigt, seine Sense zu dengeln. Vor dem Schuppen saß er an seinem Dengelbock und hämmerte mit einem speziellen Hammer auf den sogenannten „Daungl", das ist der Schneidenbereich, der möglichst dünn getrieben werden musste, um eine gute Schneid zu haben. Wer es nicht beherrschte, Schlagkraft und Schlagstelle nicht im Gefühl hatte, der schlug sein Sensenblatt schnell „blodernd", wellig, und ruinierte das Werkzeug.

Die Matzederin war gerade damit beschäftigt, den Backofen auszukehren und die Kinder liefen spielend barfuß über den Hof, als die Nachbarin schimpfend und fuchtelnd herangestampft kam. Die stämmige Nussbaumerin trug in ihrer rechten Hand eine tote Henne am Kragen und wedelte damit wütend herum.

„Nachbar, da schau her, wos dei Bangert wieder ogstellt hat. Drei Henner hob i tot hinter da Schupfa gfundn. De hod dei Franz aufm Gwissn. Meine bestn Henna. Die muasst ma ersetzen!"

„Herrschaft – warum soll immer ois da Franz gwesn sei. Vialeicht is da a Marder eikemma!", erwiderte aufgebracht Philip Matzeder. „Ja freili, i hob ihn ja no davolaufa gsehn – den Hundskrüppl."

Franz hatte sich vorsorglich aus dem Staub gemacht und beobachtete die Szene von der Rückseite des Schuppens.

„Wo ist denn da Bua? Wenns a so gwesn is, dann ersetz i dir dei oids Gfikat scho. I daschlag ihn allerweil no amoi den Saukopf."

Nussbaumerin: „Daschlagn muaßt na ja ned glei, aber a paar hinter d'Leffen konnst eam scho mitgebn. Da hast was Schöns in d'Welt gsetzt, des konn i dir sagn. Sogar unser Pfarrer is es scho inna wordn, was des für ein Rotzbub is. Ich habs scho oiwei gsagt, dass aus dem nix Gscheits wird."

Das schimpfende Weib warf die tote Henne vor sich auf den Boden, drehte sich um und verließ den Hof. Der Matzeder schrie ihr noch nach:

„Kümmer du di um dein eignen Dreck und lass uns in Ruah. Belehrungen brauch i von dir koane!" und er fügte leise hinzu, damit sie es nicht hörte: „Oide Giftnudl!"

Auch die Mutter war empört. „De Nasch soll se um seine eigene Bruad kümmern, da hats gnuag zum doa!"

„Wo ist er denn hin, der Bua, der konn se glei seine Schläg abholn!" Er eilte gleich zum Holzschuppen hinüber und fand Franz verlegen an der Werkbank stehen. Er hatte sich abgewandt und schaute auf den Boden hinab.

„Da bist ja, du Nichtsnutz. Host es eh ghört, was die Nussbaumerin vorbracht hat, gell? Dir werd i deine Dummheiten scho austreibn!" Er packte den Buben am Arm. Franz drehte sich um und da sah der Vater, dass sein Sohn verprügelt worden war. Ein Veilchen und rote Striemen waren zu sehen und Tränen liefen über sein Gesicht.

„Ja, Franze, wer hod denn di a so zuagricht?"

„De Nussbaumerbuam – deshalb hob i doch des mit de Henna gmacht. De habn mi Bangert gschimpft und ghaut, obwoi i gar nix do hab."

Der Vater sah in das verängstigte Gesicht des Kindes, dann nahm er sich den Holzschemel, der dort stand, und setzte sich hin. Mit beiden

17

Händen hielt er den Jungen an den Oberarmen. Auch ihm stiegen die Tränen in die Augen.

„Wos duad nacher des de Nussbaumerbuam, wenn du ihre Henna obbrackst?", fragte er ihn ruhig.

„Dass koane Oa mehr fressn kenna!"

Matzeder lachte und wuschelte die Haare des Buben. Er nahm einen Wetzstein von der Werkbank und hielt ihn vor das Gesicht des Buben.

„Iatz pass amoi guad auf, wos i dir sag und vergiss des dei Lebn lang nimmer!"

Er machte eine kurze Pause und sah Franz fest in die Augen.

„Des mit de Henna war bloß feig! Wenn di in Zukunft noch moi oaner schlagt, dann haust eam oane eine, dass eam Hörn und Sehn vergeht … und erst dann konnst davolaufa.

Lass dir nix gfalln. Wenn oana austeilt, dann muaß er aa einstecka kenna. Merk dir des oane: Des Wichtigste im Leben is, dass ma oiweil a richtige Schneid hat! Und der Wetzstoa, der soll di dran erinnern. Der ghört jetzt dir. I gib dir iatz a Geld, damit gehst ummi zu da Nussbaumerin und holst die andern totn Viecher.

Und i sag da Muadda, sie soll in da Stubn glei a Feuer schürn – heid gibt's no a Suppnhenn!"

Der Wetzstein lag von diesem Tag an auf Franzes Nachtkasten neben dem Bett. Die Worte des Vaters waren an diesem Tag aufbauend und gaben dem Kind Selbstvertrauen. Vielleicht aber hatte er die Lektion für sein weiteres Leben missverstanden.

Allgemeine Schulpflicht um 1803 in Bayern

Kurfürst Maximilian, der spätere König Maximilian I. Joseph von Bayern, führte durch Verordnung vom 23. Dezember 1802 die allgemeine Schulpflicht in ganz Bayern ein. Kinder ab dem 6. bis zum vollendeten 12. Lebensjahr mussten fortan die Schule besuchen. Damit wurde die Schule aus einer überwiegend kirchlichen zu einer staatlichen Einrichtung. Neben der Erziehung zum gläubigen Christenmenschen und gehorsamen Untertanen sollten den Kindern die nötigsten Grundkenntnisse im Lesen, Schreiben und Rechnen vermittelt werden. Diese Verordnung stieß bei der überwiegend ländlichen Bevölkerung erst einmal auf Unverständnis und erheblichen Widerstand. Waren doch Kinder schon in jungen Jahren voll in den Arbeitsprozess auf den Höfen eingebunden. Warum auch sollte eine Magd oder ein Stallknecht lesen und schreiben können? Das „Gstudiertsein" wäre dem einfachen Volk schädlich, weil es nur vom Arbeiten abhielte. Es waren nur wenige größere Höfe, deren Besitzer es sich leisten konnten, Dienstboten zu beschäftigen und ihren Kindern eine höhere Bildung zu ermöglichen, um Pfarrer oder königlicher Beamter zu werden. Auch die Kirche stand nicht uneingeschränkt hinter der Schulpflicht. Die Einstellung der Kirche ist aus einem Schreiben des Jahres 1773 zu ersehen:

„Wozu denn sollte der Bauer lesen und schreiben lernen? Der allmächtige Gott hat auch dem des Lesens und Schreibens unkundigen Landvolk genügsame Kräfte gegeben, dasjenige begreifen zu können, was zu einer zeitlichen und ewigen Wohlfahrt erforderlich ist."

Von einem geregelten Schulbetrieb konnte noch lange nicht gesprochen werden. Der Schulinspektor, ein Lehrer oder Pfarrer, hatte deshalb den Schulbesuch gewissenhaft zu überwachen. Immer wieder wurden sie von der Obrigkeit darauf hingewiesen, auf einen regelmäßigen Schulbesuch zu drängen und auch die angeordneten Strafen auszusprechen.

„Keine Schulversäumnisse sind als nicht schuldbar anzuerkennen, außer denjenigen, die aus der Krankheit der Kinder oder der Eltern hervorgehen! Es ist nicht Rücksicht zu nehmen auf Haus- und Feldarbeit und auf Armut, ansonsten würden bei der allgemeinen Zunahme der Volksarmut die Schulhäuser bald leer stehen."

Die vorgebrachten Entschuldigungen bzw. die Gründe der Versäumnisse spiegeln die Not und die wirtschaftliche Misere dieser Zeit. So sind in einem Verzeichnis aus dem Jahre 1824 z. B. an Versäumnissen eingetragen:

„Meine 78-jährige Mutter, die viele Monate krank daniederlag und vor drei Monaten starb, brauchte eine Pflege. Sechs lebendige Kinder fordern Brot, daher war ich gezwungen, mich vor drei Monaten selber der täglichen Kost halber zu verdingen."

„Mein Anwesen erlaubt mir keine Dienstboten, daher muss ich öfters meine Kinder zur Hilfe nehmen!"

Die Mutter zweier unehelicher Kinder berief sich auf die Notwendigkeit des Brotbettelns.

„Mein Weib, wie ich schon früher dem Schulvorstand gemeldet habe, wurde Kindsmutter und konnte wegen schlimmer Geburtsfolgen keiner häuslichen Verrichtung nachkommen, wo ich das Mädchen zum Grasen und zum Kuhfüttern benützen musste!"

Am 7. April 1825 genehmigte der Schulverband die Entlassung einer noch nicht 12-jährigen Tochter aus der Schule. Die Mutter war Witwe. Die Bitte wurde gewährt, „weil es die kärglichen Umstände derselben forderten, dass das Kind je eher, je lieber ihr Brot im fremden Dienste suchte".

Weiter heißt es, dass Eltern die wegen der außerordentlichen Teuerung mit keinen oder mit nur wenigen Dienstboten versehen waren, zum Schullehrer kamen und den Wunsch äußerten und die Bitte, „dass ihnen doch erlaubt werden möchte, ihre Kinder zur Haus- und Feldarbeit zu benützen".

Erst Anfang des 20. Jahrhunderts verringerten sich die Schwierigkeiten um den Schulbesuch, als die Bevölkerung endlich die Notwendigkeit einer allgemeinen Schulbildung einsah.

Sonn- und Feiertagsschule

Die Sonntagsschule zu besuchen, wurde 1803 vom Kurfürsten angeordnet und 1816 für alle 12- bis 18-Jährigen zur Pflicht. Jungen und Mädchen waren verpflichtet, nach Abschluss der 7-jährigen Werktagsschule die Sonn- und Feiertagsschule zu besuchen. Diese sollte das bisher Gelernte wiederholen, ergänzen und vertiefen. Die Kinder waren auch zum Besuch des öffentlichen und besonders für sie eingerichteten Religionsunterrichts, der katholischen Christenlehre, verpflichtet. Für viele landwirtschaftliche Dienstboten, die schon im Kindesalter sechs Tage in der Woche von früh bis spät Stallarbeiten, Kühe- und Gänsehüten und viele andere Arbeiten auf dem Bauernhof zu verrichten hatten, bedeutete dies, sieben Tage die Woche ohne echte Freizeit zu verleben. Auch sonntags hieß es um 5 Uhr früh aufstehen. Noch mit leerem Magen rief die Stallarbeit, erst dann nahm man die Frühsuppe ein und anschließend ging es zu Fuß, von den abgelegenen Höfen über mehrere Kilometer schlechten Weges, zur sonntäglichen Messe in die Pfarrkirche. Gleich nach der Messe begann der Unterricht bis mittags um 12 Uhr. Um 14 Uhr läuteten die Kirchenglocken noch mal zur Nachmittagsandacht, anschließend unterrichte-

Klassenzimmer 1823

te der Dorfpfarrer zwei Stunden katholische Christenlehre. Endlich zu Hause, wartete schon bald wieder die abendliche Stallarbeit.

Schulpflichtige, die aus eigenem Verschulden den Besuch der Sonntagsschule oder den Religionsunterricht wiederholt versäumten, konnten auf Anzeige der Schulbehörde mit drei Tagen Arrest in der Gemeindezelle bestraft werden.

Haft bis zu sechs Tagen drohte den Unterrichtschwänzern sogar, wenn sie derweilen im Wirtshaus oder auf dem Tanzboden erwischt wurden.

Ohne Abschlusszeugnis dieser Schulart war später weder eine Heirat, der Kauf von Grundstücken oder die Übernahme des elterlichen Hofes möglich.

Räuberhauptmann

Franz Matzeder, dessen Andenken heute noch vielerorts in seiner niederbayrischen Heimat fortlebt, entsprach in seinem Äußeren tatsächlich dem Bilde, das sich die Räuberromantik jener Zeit von einem Räuberhauptmann machte: schwarzes, tief in die Stirn reichendes Haar, buschige Augenbrauen und funkelnde Raubtieraugen, stark gebogene Habichtsnase, kräftig gerundete Stirn, untersetzte Gestalt, aber so stark, dass er allein einstmals vier Männern ernsthaft zu schaffen machte. Über seine Charakterzüge schreibt der Geistliche Präses Reisinger, der ihn auf der schweren Fahrt zum Hochgericht begleitete:

„.... sie waren auf seinem Gesichte geschrieben, nämlich in seinem scharfen und lauernden Blick und seiner stark gebogenen Nase, an einen Habicht erinnernd. Aber er verschwendete die Kräfte des Geistes und des Körpers zum Verderben seiner Mitmenschen, er wurde mit seinen Genossen der Schrecken der Landgerichtsbezirke Landau, Eggenfelden, Altötting, Simbach und Vilsbiburg."

Die Schilderung Reisingers von der körperlichen Erscheinung Matzeders entspricht dem erhaltenen Kupferstich, der zur Bekanntgabe seiner Hinrichtung angefertigt wurde.

Steckbrief

Franz Reiter

geboren 1816, lediger Tagelöhnersohn,
Dienstknecht aus Birköd bei Massing

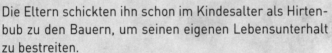

Reiter wuchs in einer Familie mit sieben Kindern unter besonders ärmlichen Verhältnissen auf.

Die Eltern schickten ihn schon im Kindesalter als Hirtenbub zu den Bauern, um seinen eigenen Lebensunterhalt zu bestreiten.

Matzeder hatte er im Arbeitshaus Neudeck kennengelernt und die beiden verband eine vertrauensvolle Freundschaft. Zusammen verübten sie Raubzüge und Morde, wobei in allem Matzeder die bestimmende Person war.

Nach dem Mord am Bauernsohn Bichlmaier aus Wöllersdorf, dem sie am 27. März 1849 im Schwalbenberger Holz, bei Höll, um Mitternacht auflauerten, waren sie flüchtig.

In Pörndorf bei Gergweis wurden sie schließlich in einem Wirtshaus, trotz heftiger Gegenwehr, durch Gendarmerie, Jäger und Dorfmannschaft überwältigt.

Während der zwei letzten Jahre Kettenhaft in der Fronfeste zu Straubing wurde Reiter in Erwartung der Todesstrafe reumütig.

Als er zur Hinrichtung geschleppt wurde, sah das anwesende Volk in Reiter einen körperlich und geistig gebrochenen Mann.

Die Familie Reiter

Franz Reiter wuchs in einer Familie mit sieben Kindern in sehr ärmlichen Verhältnissen auf und musste schon im Kindesalter zu den Bauern, um als Hirtenbub und später als Dienstknecht seinen eigenen Lebensunterhalt zu bestreiten. Der Vater arbeitete als Tagelöhner und gehörte damit einer schwachen Randgruppe der Gesellschaft an, die nicht selten „von der Hand in den Mund" lebte. Sie hatten keinen eigenen Grundbesitz und bebauten ein kleines gepachtetes Land. Das von der Gemeinde gemietete Haus hatte keinen Keller; im Erdgeschoss waren der Ziegenstall, die Essküche und ein Vorratsraum untergebracht. Im Stockwerk darüber befand sich der Wohnteil der Familie mit zwei Zimmern für neun Personen. Die Kinder schliefen jeweils zu zweit oder zu dritt in einem Bett. Neben dem Haus gab es noch einen Schuppen, wo Hühner, Hasen und die kleine Besenwerkstatt untergebracht waren. Wie der alte Reiter arbeitete Franz bei den umliegenden Bauern, je nach Jahreszeit und anfallender Arbeit auf dem Feld, im Stall oder im Haus. Nach vollendetem Tagwerk wurde er bezahlt und kehrte meistens ins elterliche Haus zurück.

Die Bezahlung erfolgte in barer Münze, manchmal auch in Naturalien. Um 1850 verdiente ein Tagelöhner etwa 40 Kreuzer am Tag, das entsprach in der heutigen Währung etwa 13 Euro, und im Winter sogar nur 24 Kreuzer. 24 Kreuzer kostete damals bereits ein Kilogramm Schweinefleisch. Die Wochen und Monate, in denen der Vater keine Arbeit hatte, fielen mager aus. Dann wurde es ohne Rücklagen knapp mit der Verpflegung, und die Familie musste nicht selten Hunger leiden. Zwischen dem begüterten Bauernstand und den landwirtschaftlichen Helfern herrschten große soziale Gegensätze. Genügsamkeit und äußerste Sparsamkeit waren erforderlich, um halbwegs über die Runden zu kommen. In Krisenzeiten traf es natürlich die Menschen mit unregelmäßigen Arbeitsmöglichkeiten wie die Reiters zuerst. Trotz der vielen Arbeit mit Haus und Kindern versuchte die Mutter, durch Stricken von Strümpfen und Pullovern oder mit Flicken zerrissener Kleidungsstücke anderer Dorfbewohner etwas hinzuzuverdienen, um die Familie zu ernähren.

Dienstbotenbuch von 1884
Rechte und Pflichten ungleich verteilt

Dienstboten auf dem Lande, das waren in erster Linie Mägde und Knechte für die Arbeit im Haus und auf dem Hof. Sie traten an Mariä Lichtmess, den 2. Februar, ihre Anstellung an. An diesem Feiertag wurde der Lohn für das vergangene Jahr ausbezahlt, das Verbleiben für ein weiteres Jahr ausgemacht oder eben zu einem neuen Herrn gewechselt. War die Anstellung wieder für ein Jahr besiegelt, durften vor dessen Ablauf die Dienstboten ohne Einwilligung der Dienstherrschaft und ohne triftige Gründe nicht aus dem Dienst treten.

Für den Dienstherrn bestand jedoch keine Verpflichtung, einen Dienstboten mindestens auf Jahresfrist zu dingen, weshalb demselben freistand, landwirtschaftliche Dienstboten mit deren Einwilligung auch auf kürzere Zeit als Jahresfrist zu beschäftigen.

Pflichten der Dienstboten

Der Dienstbote hat gegen seine Dienstherrschaft Treue, Fleiß, Ehrbarkeit, Nüchternheit und Gehorsam zu beachten. Er darf sich keiner ihm aufgetragenen, erlaubten und üblichen Verrichtung, auch nicht der Arbeit an gewürdigten Feiertagen entziehen.

Er ist schuldig, die eingeführte Hausordnung zu beachten und mit seinem Mitgesinde verträglich zusammenzuleben.

So sehr Reinlichkeit des Körpers und der Kleidung in der Regel zu den empfindungswürdigen Eigenschaften der Dienstboten gehört, so sollen sich diese doch eines ihren Verhältnissen nicht angemessenen Aufwandes in der Kleidung enthalten, da dieser, ohne schlimmere Folgen zu erwähnen, über die Mittel, ihn zu bestreiten, nicht selten ungünstige Vorurteile, wenigstens Zweifel über Sparsamkeit erregt und das nötige Vertrauen zwischen Dienstherrschaft und Dienstboten schwächt. Diese Regel sagt also aus, dass Dienstboten nicht unangemessen nobel und reinlich daherkommen sollen.

Dienstboten sollen ihrer Dienstherrschaft mit schuldiger Achtung begegnen und sich sowohl innerhalb als außerhalb dem Hauses aller Schmähungen gegen dieselbe enthalten.

Dem Nutzen der Dienstherrschaft sollen die Dienstboten alle Sorgfalt widmen und ihnen Schaden zu verhüten suchen.

Insbesondere muss das Eigentum der Herrschaften dem Gesinde unverletzlich sein. Jede Beeinträchtigung desselben durch Veruntreuung (wenn auch aus uneigennütziger Absicht oder aus bloßer Genäschigkeit an Ess- und Trinkwaren), jede Zueignung eines nicht bedungenen Vorteiles, begründet nach den Vorschriften des Strafgesetzbuches.

Dienstboten, welche zur Arbeitszeit sich in Wirtshäusern, auf Spielplätzen oder in Winkelkneipen herumtreiben, oder ohne Erlaubnis der Dienstherrschaft zur Nachtzeit die Behausung ordnungswidrig verlassen, werden mit Haft bis zu acht Tagen oder an Geld bis zu 15 Taler bestraft.

Dienstboten, welche zu abgeschafften Feiertagen oder anderen Werktagen das Arbeiten verweigern oder an Sonn- und wirklichen Feiertagen die ihnen obliegenden Geschäfte nicht verrichten, hartnäckigen Ungehorsam oder Widerspenstigkeit gegen die Befehle der Dienstherrschaft oder deren Stellvertreter sich zuschulden kommen lassen oder gegen dieselben die Pflicht der schuldigen Achtung gröblich verletzen, unterliegen derselben Strafe, wenn binnen drei Monaten nach verübter Tat von der Dienstherrschaft oder ihrem Stellvertreter ein Antrag auf Bestrafung gestellt worden ist.

Mit Haft bis zu sechs Tagen werden sonntagsschulpflichtige Dienstboten gestraft, wenn sie öffentlichen Tanzunterhaltungen anwohnen oder ohne Erlaubnis ihrer Dienstherrschaft Wirtshäuser besuchen.

Mit Haft bis zu drei Tagen werden sonntagsschulpflichtige Dienstboten auf Anzeige der Schulbehörden bestraft, wenn sie aus eigenem Verschulden den Besuch der Sonntagsschule oder der dieselbe vertretenden Fortbildungsschule oder während ihrer allgemeinen Sonntagsschulpflicht den vorgeschriebenen Besuch des öffentlichen Religionsunterrichtes fortgesetzt versäumen, ungeachtet sie von der Ortsschulbehörde wegen schuldhafter Versäumnis aufgrund der bestehenden Schulordnung gestraft oder vor weiteren Versäumnissen verwarnt worden sind.

Auch die Dienstherrschaft hatte Pflichten gegenüber ihren Dienstboten, zu denen das Ausstellen eines Zeugnisses nach Ablauf der Dienstzeit gehörte, und so heißt es im Dienstbotenbuch:

Jede Dienstherrschaft ist schuldig, einem austretenden Dienstboten ein mit strenger Wahrheit abgefasstes Zeugnis über sein Verhalten in dessen Dienstbuch zu schreiben oder, falls sie des Schreibens unkundig sein sollte, bei der Obrigkeit schreiben zu lassen.

In diesem Zeugnis ist die Zeit des Diensteintrittes und des Austrittes und die Eigenschaft des Dienstboten genau anzugeben und die amtliche Beglaubigung dieser Angabe zu erholen.

Wer einen Dienstboten bei Auflösung des Dienstverhältnisses polizeilicher Aufforderung ungeachtet die Ausstellung des Zeugnisses im Dienstbotenbuch verweigert, wird an Geld bis zu 5 Taler gestraft.

§ 25. Wer wissentlich an einem ansteckenden Uebel leidet und mit Verheimlichung desselben sich als Dienstbote verdingt, deßgleichen, wer im Dienste von einem solchen Uebel befallen wird und solches der Dienstherrschaft verheimlicht, wird mit Haft bis zu 8 Tagen oder an Geld bis zu 15 Thalern gestraft.

Art. 66 Abs. 1 des Pol.-Str.-G.-B.

II. Pflichten der Dienstboten.

§ 26. Der Dienstbote hat gegen seine Dienstherrschaft Treue, Fleiß, Ehrbarkeit, Nüchternheit und Gehorsam zu beobachten. Er darf sich keiner ihm aufgetragenen erlaubten und üblichen Verrichtung, insbesondere nicht der Arbeit an abgewürdigten Feiertagen entziehen.

Er ist schuldig, die eingeführte Hausordnung zu beobachten, und mit seinem Mitgesinde verträglich zusammen zu leben.

§ 27. So sehr Reinlichkeit des Körpers und der Kleidung in der Regel zu den empfehlungswürdigen Eigenschaften der Dienstboten gehört, so sollen sich diese doch eines ihren Verhältnissen nicht angemessenen Aufwandes in der Kleidung enthalten, da dieser, ohne schlimmere Folgen zu erwähnen, über die Mittel, ihn zu bestreiten, nicht selten ungünstige Vorurtheile, wenigstens Zweifel über Sparsamkeit erregt, und das nöthige Vertrauen zwischen Dienstherrschaft und Dienstboten schwächt.

§ 28. Dienstboten sollen ihrer Dienstherrschaft mit schuldiger Achtung begegnen, und sich sowohl in als außer dem Hause aller Schmähungen gegen dieselbe enthalten.

§ 29. Dem Nutzen der Dienstherrschaft sollen die Dienstboten alle Sorgfalt widmen, und ihren Schaden zu verhüten suchen.

Insbesondere muß das Eigenthum der Dienstherrschaft den Dienstboten unverletzlich sein. Jede Beeinträchtigung desselben durch Veruntreuung (wenn auch aus uneigennütziger Absicht oder aus bloßer Genäschigkeit an Eß- und Trink-Waaren), jede Zueignung eines nicht bedungenen Vortheiles, begründet nebst den im § 11 angegebenen Folgen Strafen nach den Vorschriften des Strafgesetzbuches.

§ 30. Dienstboten, welche zur Arbeitszeit sich in Wirthshäusern, auf Spielplätzen oder in Winkelkneipen herumtreiben, oder ohne Erlaubniß der Dienstherrschaft oder deren Stellvertreters Jemanden beherbergen, oder zur Nachtzeit die Behausung ordnungswidrig verlassen, werden mit Haft bis zu 8 Tagen oder an Geld bis zu 15 Thalern bestraft.

Art. 106 Abs. 1 Ziffer 6 und 8 des Pol.-Str.-G.-B.

§ 31. Dienstboten, welche an abgeschafften Feiertagen oder anderen Werktagen das Arbeiten verweigern oder an Sonn- und wirklichen Feiertagen die ihnen obliegenden Geschäfte nicht verrichten, hartnäckigen Ungehorsam oder Widerspenstigkeit gegen die Befehle der Dienstherrschaft oder deren Stellvertreter sich zu Schulden kommen lassen, oder gegen dieselben die Pflicht der schuldigen Achtung gröblich verletzen, unterliegen derselben Strafe, wenn binnen 3 Monaten nach verübter That von der Dienstherrschaft oder ihrem Stellvertreter ein Antrag auf Bestrafung gestellt worden ist.

Art. 106 Abs. 1 Ziff. 5 und 7 des Pol.-Str.-G.-B.

§ 32. Mit Haft bis zu 6 Tagen werden sonntagsschulpflichtige Dienstboten gestraft, wenn sie öffentlichen Tanzunterhaltungen anwohnen, oder ohne Erlaubniß ihrer Dienstherrschaft Wirthshäuser besuchen.

Art. 56 Abs. 2 des Pol.-Str.-G.-B.

Mit Haft bis zu 3 Tagen werden sonntagsschulpflichtige Dienstboten auf Anzeige der Schulbehörden be-

Vorschriften und Belehrungen
für den Inhaber und die Dienstherrschaften.

I. Eingehung und Auflösung des Dienstvertrages.

§ 1. Alle Dienstboten beiderlei Geschlechts auf dem Lande, wie auch jene in den Städten, wenn sie landwirthschaftliche Dienste verrichten, sind in der Regel verbunden, sich wenigstens auf ein Jahr zu verdingen, vor dessen Ablauf sie ohne Einwilligung der Dienstherrschaft und ohne erhebliche Gründe nicht aus dem Dienste treten dürfen.

Für die Dienstherrschaften besteht dagegen die Verpflichtung nicht, einen Dienstboten mindestens auf Jahresfrist zu dingen, weßhalb denselben freisteht, landwirthschaftliche Dienstboten mit deren Einwilligung auch auf kürzere Zeit als Jahresfrist zu dingen.

Bei Eingehung eines solchen Dienstvertrages sind die Dienstboten an die bedungene kürzere Frist gebunden.

§ 2. Für sämmtliche landwirthschaftliche Dienstboten sind die in Niederbayern gewöhnlichen Aus= und Eintrittsziele — Lichtmeß und Michaeli. Nur an diesen Zielen sollen, wo nicht andere verordnet sind, alle Dienstwechsel solcher Dienstboten vorgehen, und dagegen keine andere Entschul=

Weihnachten 1829

In einem Holzhäusl am Rand der Ortschaft wohnte der Tagelöhner Alfons Reiter mit seiner Familie in bescheidenen, ja ärmlichen Verhältnissen. Eine Stube, oben zwei kleine Kammern, und nebendran stand ein winziger Stall mit den zwei abgemagerten Ziegen. Wände und Decken in der Stube waren aus rohem Holz, das schon ganz schwarz und pechig war vom Rauch und Ruß, den das offene Feuer verursachte. So klein die Wohnung auch war, an Kindersegen mangelte es nicht. Die Reiterin hatte schon 13 Kinder zur Welt gebracht, von denen der Sensenmann, Gott sei Dank, wieder sieben im frühen Kindesalter abholte. Auch in dieser ärmlichen Behausung gedachte man dem Fest von Christi Geburt.

„Vater, heut ist Weihnachten, gibts da bei uns auch einmal eine Mettenwurst, wie bei den anderen im Dorf?", fragte die kleine Maria.

„Bin koa Großbauer ned, auch wenn heut Weihnachten ist, da schneibts des Fressen aa ned vom Himmel. Bin froh, dass i beim Luckinger an Korb Erdäpfel erbetteln hab kenna, dass wir mit der Goaßmilch überhaupt was aufn Tisch habn. Und jetzt ist a Ruh, i möcht heut nix mehr hörn!"

Bei aller Rohheit der Menschen, wie sie zur damaligen Zeit oft beschrieben wurde, hätte sicher auch der Reitervater seinen Kindern gern einmal Wurst oder Fleisch zum richtig Sattessen vorgesetzt und das ging ihm auch den ganzen Tag nicht mehr aus dem Kopf. „Los Kinder, wir gehn ins Dorf runter, dort hat der Kramer seinen Christkindlstand aufgstellt und auch sonst gibts was zum Schaun, damit ihr auch was vom Weihnachtsfest habts!"

Und so marschierte die ganze Familie durch den knietiefen Schnee in Richtung Dorf, das man nach einer Viertelstunde erreichte. Beim Anblick des Lebzeltenstandes, den Buden mit Schnitzereien, den Steigen mit gackernden Hühnern, Weihnachtsgänsen, Hasen und Enten für den Feiertagsbraten wurden die Augen der Kinder immer größer. Natürlich waren all die Fressalien nur für Leute mit dickem Geldbeutel erschwinglich, wenngleich sich auf dem Markt auch sehr viele Hungerleider herumtrieben, die von der Obrigkeit misstrauisch beäugt wurden. Während sich die Kinder nur noch vor dem Lebzeltenstand aufhielten, schlenderte der alte Reiter allein durch die engen Gassen des Marktes, bis ihn seine Blase drückte und er zum Austreten in eine Seitengasse abging. Er urinierte an die Hofmauer beim Huberbräu und schaute über die niedrige Mauer in den Hinterhof des stattlichen Bräus, der zu seinem Wirtshaus auch eine Metzgerei betrieb. Hier wurde gerade im Freien, wie früher üblich, geschlachtet und gewurstelt, was das Zeug hielt. Der Geruch der dampfenden Würste stieg dem armseligen Häusler in die Nase und ließ ihm das Wasser im Mund zusammenlaufen. Obwohl Alfons Reiter sich mit Recht als frommer Christenmensch bezeichnete, ging ihm ein sündiger Gedanke durch den Kopf und das Betteln seiner kleinen Maria war wieder in Erinnerung. War er nicht sogar verpflichtet als Familienvater, seiner Familie etwas anderes auf den Tisch zu stellen als ausgewurzelte Kartoffeln? Sollten nicht an diesem einen Christenfest seine Kinder gleichermaßen satt werden wie die feisten Huberbräuschratzen?

Einmal im Leben an Weihnachten Würste essen, grad so wie es sich die Großkopferten öfters im Jahr leisten konnten. Der Wirt ist wohlhabend, hat das ganze Jahr über genug zu fressen und zu saufen und die Arbeit verrichtet sein Gesinde. Warum sollte er nicht auch einmal etwas für die Armen abtreten können.

Aber eines war Alfons Reiter bewusst, freiwillig würde dieser geizige und arme Leute verachtende Bräu sicher keine einzige Wurst herausrücken. Da müsste schon nachgeholfen werden. Schnell verdrängte er diesen unchristlichen Gedanken wieder aus seinem Schädel und marschierte eiligst zurück zum Markt. Hier tummelten sich die Menschen grad wie auf einem Ameisenhaufen, als ob es etwas umsonst gäbe. Protzige Bauernschädel, listige, durchtriebene Viehhändler und die Amtsträger mit ihren aufgetakelten Weibern stolzierten hochmütig, auf die ausgestreckten Hände der Bettler nicht achtend, durch den Markt und ließen sich von einer Magd das Erworbene nach Hause tragen. Die alte Reiterin stand mitsamt den Kindern immer noch frierend am Lebzeltenstand und bewunderte die angebotenen Waren und das ganze Drumherum.

„Auf gehts", schrie sie ihrem Mann zu, „die Kinder erfrieren uns noch, gehen wir nach Hause, kaufen können wie eh nichts!"

„Is guad Muata, gehts nur heim, i schau noch ein bisserl herum, hab noch ned alles gsehn."

„I bleib beim Vater!", schrie da der 13-jährige Franzl und griff nach der schwieligen Hand. Sie standen am Stand des Drechslers und Holzschnitzers, der seine Ware auf einer Waschbank aufgebaut hatte. Eine kugelrunde Bäuerin, die mehrere Gänse und Gockeln anbot, hieß die beiden unfreundlich weiterzugehen, weil sie ja ohnehin keinen Taler in der Tasche hätten. Den Schuster und Holzschuhmacher kannten sie gut und die beiden Männer schwatzten ein Weilchen. Da schritt, wie von einer anderen Welt, der hochwürdige Herr Pfarrer die Straße herauf und ließ sich vom Kooperator den Korb mit verschiedenen Viktualien für den Mitternachtsschmaus tragen. Ehrfürchtig verbeugten sich einige Marktbesucher vor dem hochangesehenen Gottesmann und als er bei der Gastwirtschaft des Huberbräu vorbeikam, steckte ihm der Wirt einen köstlichen Wurstring zu. Reiter bog noch mal in die Gasse ein, von wo man den Hinterhof einsehen konnte. Noch immer wurde das Fleisch verarbeitet und gewurstelt. Inmitten des Hofes war eine große Waschbank aufgestellt, auf der klopften und kneteten die Burschen das Brät und stopften es dann in die Därme. Riesige Blunzen machten sie, schier so dick wie ein starker Männerarm und dazu Wurstkränze, mit denen man die ganze Hofeinfahrt umspannen konnte. Mit Speck und Fleischbrocken wurde da nicht gespart. Der große Kessel dampfte unaufhörlich und wehte den verführerischen Geruch der frischen Würste bis zum Christkindlmarkt hinaus.

„Riachst du des aa, Vater? Des kimmt vom Bräu, da wird gwurstelt fürs Mettenessen. Nach der Mess haun sich de Großkopfertn dann wieder ihren Ranzen voll, dass eahna s'Fett von de Würstl über d'Schnaunzbärte tröpflt."

„Staad bist, Lausbub, sollst dich ned versündign! Wenn unser Herrgott gwollt hätt, dass wir aa zu denen ghören, dann hätt er es schon so gricht. Muass solche und solche Leut gebn, is eben so auf dera Welt und wird allweil so bleibn."

„Nur oamoi so a Blunzen ausm Kessl stibitzen, mit einem Scherz Brot dazua so richtig sattessn, bloß oamoi möcht i des!", quängelte der Bub weiter.

„Halts Mej, du Hundskrüppl! An so was derf unsereins gar ned erst denkn – kimmt nix Gscheits heraus bei so unchristliche Gedankn."

„Is scho guad Vater, hab bloß a bisserl träumt."

„Wann seids denn endlich fertig mit da Arbeit, Burschn?", schrie die Kuchldirn zu den Metzgern auf den Hof hinaus.

„Das Bier und die Weihnachtsbrotzeit is scho ogricht!"

„Jetzt pressiert es aber", schrie ein Bursch dem anderen zu „ned dass des Bier lack wird! Häng ma die letzten Würst no zum Selchn auf die Stangen und dann lass ma uns de Brotzeit schmeckn, heut ist schließlich Heiligabend!"

Die Stimmen vom Marktplatz wurden bereits weniger und der alte Reiter ermahnte seinen Sohn Franz zum Gehen:

„Los, Bub, es wird immer kälter, wir müssn heimwärts, bevor wir da no erfriern."

Fröstelnd marschierten sie los. Als sie dann noch mal beim Bräu vorbeimarschierten, zog es sie magisch noch einmal in die Gasse zum Hinterhof. Sie sahen Wurstkränze am Stadltor hängen und keinen einzigen Menschen auf dem Hof. Franzl zupfte aufgeregt am Jackenärmel des Vaters und deutete auf die Würste:

„Vater, schau, da hängen die Würst ohne einen Aufpasser, dem Bräu gehn doch a paar Würst ned ab!"

Der Alte schaute etwas verdutzt drein, dann hatte er aber doch plötzlich einen Entschluss gefasst. Einmal an Weihnachten solche Würste essen und die Kinder richtig satt bekommen, so eine Gelegenheit würde es so schnell nicht mehr geben.

„Wart, Bub, i bin gleich wieder da!"

Mit einem Satz sprang er über den Holzzaun, eilte geduckt zum Stadltor, riss einen Kranz ab, dann zurück auf die Gasse und im Schnellschritt, die Wurst unter der Joppe, ging es in Richtung Dorfende, ohne dass jemand etwas mitbekommen hatte.

Jetzt pressierte es:

„Los, Bub, wir müssen uns tummeln, dass wir hoamkemman! Wenn uns jemand in der Nähe vom Bräu gsehn hat, dann könnts sein, dass uns an Gendarm schicken! Wir zwei müssn des Maul halten, sonst werd i für lange Zeit eingsperrt!"

„I sag kein Wort, Vater, und wenn s' es aus mir herausschlagn möchten, i bleib stumm, da kannst di verlassn!"

„Is gut, Bub, heut ist Heiligabend, da werdens ned viel ausrichtn, aber morgen nach der heiligen Messe könnt scho sein, dass es der Bräu anzeigt."

Zu Hause angekommen, hieß der alte Reiter seine Frau gleich, den Topf aufzusetzen und die Kartoffeln zu kochen, dann zeigte er der verdutzt dreinschauenden Frau die Würste unter der Joppe.

Sie wusste sofort, dass die Wurst nicht ehrlich erworben sein konnte und schlug erschrocken die Hände vors Gesicht, machte eiligst das Kreuzzeichen und jammerte:

„Herrgott im Himmel, seids denn narrisch wordn? Unser Lebtag lang habn wir uns nix zuschulden kommen lassn. Du bringst uns doch d'Gendarm ins Haus!"

„Halts Maul, Weib, es trifft koan Armen! Dem Bräu gehn de Würst ned ab und wir können uns auch a mal a schöns Weihnachten richten! Der Herrgott wirds ned recht hart strafen, wenn ma einmal zu seim Feiertag die hungrigen Kinder sattmachen möcht."

„Aber der Herrgott wird di vor den Gendarmen ned schützen und wir werdn verhungern, wenns di erst einsperrn!"

„Wird scho guad ausgehn und jetzt mach endlich de Würst! Morgen werdn wir scho sehn, ob uns der Herrgott strafen will. Heut am Heiligabend lassen die uns in Ruah, wenns morgen kommen, muss jeder sein Maul haltn, dann bleibt alles, wie es is."

„Und wenn der Bub redt, der war ja dabei?"

„Der sagt nix, gell, Franzl?"

„Gwiss ned. Vater – i kanns Maul halten!"

Trotz des Festessens war es für die Eltern keine schöne Christnacht. Die Angst vor dem nächsten Morgen ließ kaum Schlaf zu und die alte Reiterin betete die ganze Nacht hindurch. Am Morgen des Weihnachtstages bließ ein eiskalter Wind. Der kleine Holzofen in der Stube erwärmte nur allmählich den Raum und die frierende Familie, die reumütig und wortlos vor der einfachen Milchsuppe saß. Plötzlich pochte jemand eindringlich an der Haustüre und die bucklige Nachbarin wollte mit ihren Neuigkeiten herein.

„Habts es scho gehört? Gestern habns beim Huberbräu einbrochn und de ganzn Würst gstohln. Der Herr Pfarrer hat es heut von der Kanzel gepredigt. Es sollen Zigeuner gwesn sein, die gestern auf dem Christkindlmarkt herumvagabundiert sind. Die Lanzingerin hats gsehn. Heut früh sinds aufgriffen und glei nach Eggenfelden gschafft wordn, des Lumpenpack."

Was für eine erlösende Nachricht! Die Zigeuner hatten tatsächlich die restlichen Würste aus dem Hof des Huberbräu gestohlen und so den Diebstahl des armen Häuslers verdeckt. Hier hatte es das Schicksal mit ihnen einmal gut gemeint. Das sollte sich aber, was den 13-jährigen Franz Reiter betraf, bald ändern.

Zu einfach war das mit dem Wurstdiebstahl gegangen und so glaubte der Bub, man könne den eigenen Mangel immer wieder auf diese Art beheben. Der Vater konnte die Kinder nicht mehr ernähren und so mussten die drei ältesten aus dem Haus. Der Franzl kam zu Lichtmess im Jahre 1830 zu einem Bauern als Hüterbub in den Dienst. Ein halbes Jahr später wurde er beim Diebstahl in der Speisekammer seines Herrn auf frischer Tat ertappt, wie er einen Ranken Geselchtes stehlen wollte. Nach einer Tracht Prügel durch den Bauern wurde er den Gendarmen ausgeliefert und vom Gericht zu drei Jahren Jugendarbeitshaus verurteilt und zum ersten Mal für ein paar Tage in den Arreststadel im Dorf eingesperrt.

Zehn Jahre später landete er, wiederum wegen Diebstahl, im Gefängnis München Neudeck. Hier traf er mit Franz Matzeder zusammen, und das sollte für ihn noch ernstere Folgen haben.

Bairisches Geld und Kaufkraft um 1815

Währung	entsprach circa
1 Taler	1 1/2 Gulden
1 Gulden	60 Kreuzer
1 Batzen	4 Kreuzer
1 Groschen	3 Kreuzer

Währung	entspräche heute circa
1 Taler	30,60 Euro
1 Gulden	20,40 Euro
1 Kreuzer	34 Cent
1 Batzen	1,40 Euro

Ware	Preis	entspräche heute circa
1 Zentner Weizen	5 Gulden 40 Kreuzer	116 Euro
1 Zentner Gerste	3 Gulden 12 Kreuzer	65 Euro
1 Zentner Hafer	3 Gulden 28 Kreuzer	71 Euro
1 Zentner Korn	4 Gulden 12 Kreuzer	9 Euro
1 Zentner Kartoffeln	48 Kreuzer	16 Euro
1 Pfund Rindfleisch	10 Kreuzer	3,50 Euro
1 Pfund Schweinefleisch	12 Kreuzer	4 Euro

Verdienst von Knecht, Magd und Tagelöhner

Pferdeknecht
100 Gulden jährlich, Essen frei, entspricht 2040 Euro

Stallmagd
60 Gulden jährlich, Essen frei, entspricht 1220 Euro

Tagelöhner im Sommer
40 Kreuzer ohne Kost, entspricht ca. 14 Euro am Tag

Tagelöhner im Winter
24 Kreuzer ohne Kost, entspricht ca. 8 Euro am Tag

Im Wintertarif musste also ein Tagelöhner für ein Kilo Schweinefleisch einen ganzen Tag arbeiten.

Steckbrief

Augustin Klingsohr

geboren 1806, Schreiner und
Tagelöhner in Neumarkt, Oberbayern

Augustin Klingsohr

K lingsohr galt als der „Freibrecherkönig" der Bande. Ihm gelang zweimal die Flucht aus dem Arrest in Eggenfelden, einmal aus dem Untersuchungsarrest des königlichen Infanterie-Leibregiments und schließlich trotz schwerster Fesselung aus der Landgerichtsfronfeste zu Simbach am Inn.

Schließlich wurde er am 17. März 1850 unter Beihilfe einiger Bauernburschen durch den Gendarmerie-Stationskommandanten in Tann verhaftet.

Bevor er während seiner Untersuchungshaft in der Fronfeste Straubing sein Leben aushauchte, gestand er auf der „Sterbepritsche" unter anderem die Teilnahme am Überfall in Breitreit, bei dem der Bauer Mathias Pinninger den Tod fand. Er verriet die Details dieses Verbrechens und so wurde sein Geständnis zur entscheidenden Zeugenaussage für die Verurteilung von Harlander und Unertl.

Klingsohr gab den Räuberkumpanen häufig die Hinweise, wo was zu holen war.

Die Freibrecher

Der Winter des Jahres 1849 war nicht besonders kalt. Ein Glück für Matzeder, der in diesem Winter keine warme Stube finden konnte, in der er ohne Furcht vor den „Greakittlerten", den Gendarmen, eine ruhige Zeit ausharren konnte. Bis zum 23. Dezember saß er zusammen mit Xaver Harlander, dem ledigen Dienstknecht und unehelichen Sohn der Lumpenbauerntocher von Döttenau, wie im Verhandlungsprotokoll später niedergeschrieben wurde, und August Klingsohr aus Neumarkt in Untersuchungsarrest in der Fronfeste Eggenfelden ein. Sie waren als Vaganten aufgegriffen worden und wegen ihres üblen Leumunds der Überführung ins Zwangsarbeitshaus bestimmt, doch daraus sollte nichts werden.

Wieder ergriff Klingsohr die Initiative, der fürs Ausbrechen schon bekannt war. Vor einigen Jahren hatte er sogar hier in Eggenfelden die Wachmänner gefoppt und war entkommen. Nur gut, dass das Personal gewechselt hatte und die Männer keine List ahnten. Die Aussicht auf Zuchthaus machte Klingsohr einfallsreich. Trotz seiner bösen Absichten benahm er sich ganz besonders reumütig und harmlos, als könne er kein Wässerchen trüben. Sooft die Türe aufging, saß er ruhig auf seiner Pritsche und bedankte sich für jede Schüssel Wassersuppe und für jedes harte Scherzl Brot. Mehrmals hätte er den arglosen Gendarm überrumpeln können, doch was hätte es genützt, wenn die Fronfeste tagsüber voller Wachpersonal war. Dem einen, der den Teller hereinstellte, hätte er die Luft schon abdrücken können, aber draußen auf der Flez wäre er der Verlierer gewesen.

In seiner Zelle war er nicht gefesselt und so konnte er einige Vorbereitungen treffen. Die Einrichtung seiner Keuche bestand lediglich aus einer harten Holzpritsche, auf der er mit ein paar Handvoll Stroh sein Schlaflager richten konnte, und einer stinkenden, schmutzigen Decke. Klingsohr verbrachte die Nächte unter großer Pein. Er litt seit Jahren unter Kreuzschmerzen und konnte deshalb grad unter diesen Verhältnissen nur wenig Ruhe finden. Nach kaum drei Stunden

Schlaf auf dem harten Brett erwachte er jede Nacht und konnte nicht länger liegen bleiben. Unter lautem Stöhnen richtete er den steifen Körper auf – bog die Wirbelsäule durch. Er fühlte den Schmerz, als ob ein Messer tief im Mark steckte. Dann ging er in seiner kleinen Zelle auf und ab, streckte sich zur Decke und manchmal ließ er sich auf den Boden nieder, kauerte sich zusammen und weinte verzweifelt, doch lautlos, über sein Leid. So kam es, dass er in diesen schlaflosen Stunden – wenn der Schmerz nachließ – seinen Gedanken über eventuelle Fluchtmöglichkeiten nachhing.

Die Nacht vor seinem Ausbruch hatte er damit verbracht, eines der vier dicken Holzbeine aus seiner Schlafbank herauszulösen. Er kippte die Pritsche um und versuchte einen Rundling möglichst ohne viel Krach – er hatte seinen Janker zur Dämpfung darübergewickelt – abzubrechen. Doch damit hatte er keinen Erfolg. Noch einmal probierte er mit seitlichen Schlägen die anderen drei Beine. Nach wiederholtem Gezerre war bei einem dann doch ein leichtes Nachgeben spürbar. Abwechselnd drückte, zog und schlug Klingsohr daran und kam schließlich an seine Waffe. Obwohl es in seinem Verschlag sehr kalt war, stand ihm der Schweiß auf der Stirn und er hatte den Janker und sein Halstuch abgelegt. Für diese Nacht steckte er das Holzbein noch einmal zurück in die Bank, um darauf zu schlafen.

In der Fronfeste Eggenfelden führte von einer Wachstube und Nebenräumen eine Tür in den Gefangenentrakt. Von einem kurzen Gang mit einem kleinen Fenster an der Stirnseite reihten sich links und rechts jeweils drei Keuchen, die normalerweise einzeln belegt wurden. Wenn es im Herbst auf dem Tanzboden oder nach Bauernmärkten zu größeren Ausschreitungen und Raufereien kam, dann belegten durchaus auch einmal vier oder fünf Burschen wenige Quadratmeter, bis sie am nächsten Tag in nüchternem Zustand ihren Nachhauseweg antreten durften.

Als am 23. Dezember nach der Frühsuppn die Tür zu den Gendarmen wieder verschlossen war, gab Gustl Klingsohr seinen Mithäftlingen leise über seinen Plan Bescheid. Da die Türen mit breiten Fugen in die Rahmen eingepasst und recht große Sichtfenster eingeschnitten waren, war eine Verständigung gut möglich.

Franz Matzeder hatte auch schon fieberhaft überlegt, wie er seinen Arsch retten konnte. Er kannte das Zuchthaus schon aus eigener Erfahrung, hatte über Jahre mitansehen müssen, wie mancher Kumpel unter der mageren Kost und der schweren Arbeit am Bau zusammengebrochen war. Zuchthäusler wurden nicht geschont. Sie dienten als kostenlose Arbeitskräfte auf dem Bau. Sie schleppten sich im Straßenbau und auf den staatlichen Baustellen den Buckel krumm. Auch er hatte darauf gehofft, einen unvorsichtigen Moment nutzen zu können, um aus seinem Loch zu fliehen, doch Matzeder eilte sein durch und durch schlechter Leumund voraus. Wenn seine Zellentür aufging, dann standen drei und mehr bewaffnete Soldaten vor ihm, die ihm ohne Zögern das Lebenslicht auszulöschen willens waren.

Der Tag verging in seltsamer Anspannung, jedoch ohne dass jemand Verdacht schöpfte. Die Männer hockten in ihre Decken eingewickelt auf den Pritschen und stießen weiße Atemwolken in die kalte Luft. Klingsohr war nervös. Immer wieder stand er auf, schritt auf und ab, blickte aus dem Sichtfenster der Zellentür und wechselte ein paar Worte mit Matzeder. Er hatte keine Uhr einstecken und so gaben ihm nur der Arrestrhythmus und das sich verändernde Tageslicht Orientierung.

Zur späten Nacht endete der Dienst einiger Stationsgendarmen. Ab diesem Zeitpunkt blieben für wenige Stunden nur noch zwei Mann in der Wachstube zurück, die sich die Zeit mit Kartenspiel und Würfeln vertrieben.

Es war schon lange nach Mitternacht, als aus der Keuche von Gustl Klingsohr plötzlich ein lautes Rumpeln zu hören war und daraufhin Klingsohr jämmerlich zu schreien und zu klagen begann. Matzeder und Harlander spielten die Unwissenden und fragten vermeintlich besorgt um seine Not. Endlich drang ein matter Lichtschein in die Dunkelheit. Klingsohr wälzte sich am Boden und flehte um Hilfe, als eine bösartig dreinschauende Visage am Durchguck der Tür erschien und mit ärgerlicher Stimme fragte:

„Wos is denn da los, wos schreist denn so narrisch?"

Klingsohr winselte wie ein junger Hund: „D'Schulter – i hob ma d'Schulter auskugelt! Mi hods do oberdraht. Aaaau, des duad so weh, helfts ma! I konn mein Arm nimmer rührn!"

Der Gendarm drehte sich zu seinem Kollegen um und murmelte etwas ratlos:

„Wos solln ma denn da iatz mocha?"

„Probier mas halt, ob mas eam einrichtn kennan."

„Bist du narrisch? Mia derfan doch do ned einfach aufsperrn. Und überhaupt, wia soll ma denn des mocha?"

„Ja meinst denn, dass der in seim Zuastand wos orichtn kann. I hab des scho amal gsehn, wie des a Bader macht, moanst der tuat da lang ummernand? Des hamma glei: Du richst an Arm a wenig hin und i hau drauf. Dann springt er scho wieder eine. I hab des scho amoi gsehn. Wenn wir des ned zammbringa, dann könn ma uns immer no a Hilf holn."

„Nacher probier mas halt, aber du haust drauf!"

Der Schlüssel wurde ins Schloss gesteckt, umgedreht und die Tür knarrend geöffnet. Vorneweg ging der ältere Gendarm. Die Laterne, die er trug, erleuchtete sein zerfurchtes Gesicht mehr als die dunkle Zelle. Mit aufgerissenen Augen und offenem Mund, den der ungepflegte rote Vollbart freigab, trat er auf Klingsohr zu. Der zweite Wachmann, der Zauderer, der wohl keine dreißig Jahre alt gewesen war, lehnte sein Gewehr neben den Türrahmen, bevor er nähertrat. Klingsohr kauerte abgewandt neben seiner noch dreibeinigen Pritsche und jammerte. Das Holzbein verbarg er vor seinen Helfern, die im schwachen flackernden Licht ohnehin wenig wahrnehmen konnten. Als nun der Erste auf ihn zutrat, streckte er ihm die linke Hand entgegen, damit er ihn hochziehen konnte und dann ging alles so schnell, dass die beiden auch später keine genauen Angaben machen konnten. Gerade als der ältere Gendarm die Hand des Patienten nehmen wollte, da griff er ins Leere und mit einer Wucht wurden ihm die Beine weggeschlagen, dass er unsanft auf dem Steiß landete und auf

den Rücken rollte. Dann bekam er einen so heftigen Schlag mit dem Knüppel auf den Kopf, dass es ihm in den Augen nur so aufblitzte. Weitere schmerzhafte Hiebe prasselten auf ihn ein. Die Laterne rollte über den Lehmboden und der zweite Wachmann konnte zwar in dem Durcheinander nicht wahrnehmen, was hier wirklich geschah, aber er erkannte, dass sie in eine Falle geraten waren. Schnell drehte er sich zur Tür herum und wollte sich das Gewehr greifen.

„Dir werd i helfa, du greane Sau – lass deine Bratzn vo dem Schiaßprügl!"

Klingsohr rammte dem Gendarmen das Holzbein in den Rücken, dass dieser sich durchstreckte und schmerzgequält stöhnte. Der Ausbrecher stieß sein Opfer in die Zimmerecke, schnappte sich das Gewehr und stürzte hinaus auf den Gang. Er schlug die Tür zu und sah, dass der Schlüssel noch im Schloss steckte. Er schloss schnell ab und schrie durch das Sichtfenster:

„So, iatz kennts selber eisitzn in euerm Ratznloch!"

Dann ging er mit dem Schlüsselbund zu den anderen Zellen, um seine Freunde zu befreien.

Bevor sich die drei aus dem Staub machten, stürzten sie noch in die Wachstube, stießen das Mobiliar um, schlugen die Fenster ein, steckten Brot und Butter in einen Rucksack und verschwanden klappernd über die Kopfsteinpflasterstraßen der Stadt, ohne dass noch jemand Notiz von ihnen nahm. Gerne hätten sie sich in einem nahen Heustadl versteckt und ausgeruht, doch schon in ein paar Stunden würden Suchtrupps nach ihnen ausschwärmen. Bei Franz Reiter könnten sie sicher für kurze Zeit unterkommen und so machten sie sich in strammem Marsch auf den Weg und erreichten nach drei Stunden Birköd bei Neumarkt.

Tagelöhner

Tagelöhner waren Gelegenheitsarbeiter ohne feste Anstellung. Sie wurden in der Erntezeit auf den Bauernhöfen gebraucht und tageweise für ihre Arbeitskraft bezahlt. Gerade zur Heu- und Getreideernte leisteten sie Schwerstarbeit. Vor Erfindung der Dampfdreschmaschinen war das Dreschen eine wochenlange, schweißtreibende Arbeit. Man schaffte das geschnittene Getreide auf die großen Getreidetennen, wo mehrere Arbeiter im abwechselnden Takt die Getreidekörner mit Dreschflegeln aus den Ähren schlugen. Nicht nur die körperliche Anstrengung verlangte ihnen eine Menge ab, sondern auch die Arbeitszeiten. Die Arbeitstage begannen teilweise um 4 Uhr morgens und endeten nicht vor 19 Uhr.

Im Winter fanden die jungen und starken Männer noch Beschäftigung in der Waldarbeit oder als Eisbrecher auf den zugefrorenen Weihern. Das Eis benötigten die Wirte und Brauereien, die in unterirdischen Kellern das Bier kühlten und es damit noch in der warmen Jahreszeit haltbar machen konnten.

Das unregelmäßige Einkommen zwang sie meistens noch zu einer handwerklichen Nebenbeschäftigung. Als Rechenmacher, Bürsten- und Besenbinder oder Korbflechter bestritten sie die mageren Monate, in denen sie sonst keine Arbeit fanden.

Die Tagelöhner standen in der gesellschaftlichen Hierarchie noch unter den Dienstboten und mussten die körperlich schwersten und unangenehmsten Arbeiten verrichten.

Sie traten in den Dienst der Großbauern ein und halfen in den Erntemonaten, deren Reichtum zu mehren. Sobald ihre Arbeitskraft nicht mehr gebraucht wurde, standen sie wieder vor der Tür und kämpften ums Überleben. Sie empfanden ihre Lage und das soziale Gefüge als Ungerechtigkeit. So mag es nicht verwundern, wenn mancher durch Armut, Hunger und Verzweiflung auf die schiefe Bahn geriet.

Wohnverhältnisse im 19. Jahrhundert

Schon immer gestalteten die Menschen ihre Häuser nach den Traditionen und Gebräuchen der Region. Mit den vorherrschenden Materialien bauten sie überwiegend in Eigenregie und kostenbewusst. So sind die alten erhaltenen Bauernhäuser, die noch bis ins 18. Jahrhundert zurückreichen, fast durchwegs aus Holz, was sich auf dem Land bis in die Mitte des 19. Jahrhunderts auch nicht ändern sollte.

Niederbayerischer Vierkanthof

Das mit Schindeln gedeckte Dach breitete sich schützend über das Haus. Über der Haustüre zierte ein kleiner holzgeschnitzter „Schroat" (Balkon) die Längsfront. Im Sommer hoben sich bunte Geranien und das saftige Grün der hochrankenden Weinreben von dunkel gebräunten Balken ab. Durch die kleinen zahlreichen Fenster drang nur spärlich Licht in die niedrige Wohnstube, die einen großen Teil des Erdgeschosses einnahm. Eisenstangen an den Fenstern schützten die Bewohner vor Dieben und Einbrechern. Der Stall befand sich unter dem gleichen Dach und war von der Flez (Hausgang) aus zu erreichen.

Der Wohnbereich war, wenn man bedenkt, wie viele Familien kinderreich waren, höchst unzulänglich und ungesund. Die Fenster waren klein, um sich während der häufiger als heutzutage strengen Winter gegen klirrende Kälte zu schützen. Die „Kuchl" diente vielerlei Verrichtungen, auch solchen, die mit der Versorgung der Haustiere zu tun hatten. Der meist an der Wetterseite angehängte Stall vieler kleinerer Bauernhäuser entließ seine rustikalen Dünste in die Wohnräume. Unausbleiblich war, dass Schmutz von draußen und vom Stall und anderen Wirtschaftsräumen in die Stube getragen wurde. Über eine einfache Treppe gelangte man ins obere Stockwerk, wo sich die Schlafkammern befanden. Unter der Treppe führte eine Stiege hinunter in den Keller, wo Kraut und Kartoffeln, Obst und Gemüse lagerten.

Außerhalb des Hauses, wegen der Brandgefahr, stand meist ein Backofen, in dem jeweils der Wochenbedarf an Brot gebacken wurde.

Mancher Hof verfügte über einen kleinen Weiher, von Schilf und Rosenhecke umzäunt, auf dem ein Holzsteg in das Wasser hineinführte, damit man hier die Wäsche waschen konnte. Hier mögen sich auch Enten und Gänse aufgehalten haben.

Auch ein hölzerner Pumpbrunnen vor der Haustür, der für Haushalt und Stall Wasser lieferte, durfte nirgends fehlen.

Um seine Notdurft zu verrichten, musste man über den Hof laufen und das „Häusl" aufsuchen. Die kleine Holzkabine über der Grube war gerade in der kalten Jahreszeit eine unangenehme Einrichtung.

Arbeiten und Wohnen waren in solchen Holzbauten fast primitiv. Aber man war zufrieden, weil man es nicht anders kannte.

Häuslleut

Als Häuslleut bezeichnete man früher Kleinstbauern, die mit eigenem Haus, aber nur sehr wenig Grundbesitz und deshalb ohne Großvieh wirtschafteten. Sie hielten meist ein paar anspruchslose Ziegen, die das ganze Jahr an Böschungen grasten. Häuslleut waren im 19. Jahrhundert eine Übergangsform zum Tagelöhner. Da der eigene Besitz zum Lebensunterhalt nicht ausreichte, waren sie gezwungen, als Tagelöhner im Nebenerwerb zu arbeiten. Obwohl sie den Dienstboten gleichgestellt waren, bedeutete der Hausbesitz gegenüber Besitzlosen eine soziale Höherstellung innerhalb der Dorfgemeinschaft.

Leute ohne Haus und Grundbesitz gehörten zu den Untersten in der Dorfhierarchie. Sie wohnten meist in einem Nebenhaus eines Großbauern. Eltern arbeiteten für die Miete eines kleinen Anwesens und geringen Lohn auf dem Hof des Bauern mit. Für den Winter wurden ihnen ein paar Ster Holz zur Verfügung gestellt, das sie bei der winterlichen Holzarbeit wieder abarbeiten mussten.

Die gewöhnlich große und hungrige Kinderschar dieser Leute wurde zu Hause nicht satt, deshalb schickte man sie schon in jungen Jahren, manchmal ab 8 Jahren in eine Anstellung. Die Buben fanden Arbeit als Hüterbub, Mädchen als Kindsmagd für den Nachwuchs auf größeren Höfen.

Großbauern

Das landwirtschaftliche Besitzgefüge war damals wie heute recht unterschiedlich verteilt: Tagelöhner, Häuslleut, Zweirößler, Kleinbauern bis stattliche Großbauern. Für ein vernünftiges Auskommen rechnete man pro Person die Bewirtschaftung von sechs Tagwerk guten Bodens. Viele Höfe hatten aber wesentlich mehr Grund. Bis 100 Tagwerk (dreißig Hektar) waren keine Seltenheit. Die Hälfte davon diente meist als Weideland, die andere Hälfte bearbeitete man mit Pflug und Egge, obgleich nur zwei Drittel dieses Ackerbodens bebaut wurden: mit Getreide, Weizen, Hafer, Gerste, Roggen und natürlich auch Kartoffeln – seltener mit Raps, Flachs, Hanf oder Hopfen.

Der dritte Teil fruchtbaren Landes ruhte jeweils als Brache. Auf den Wiesen weideten mehr Ochsen als Kühe, denn die starken Tiere dienten als Zugtiere. Kühe hielt man zur Jungtieraufzucht, weniger zur Milchgewinnung. Bedenkt man, dass damals Kühl- und Konserviermöglichkeiten kaum vorhanden und die Milcherzeugnisse leicht verderblich waren, so ist dies nicht verwunderlich.

Auf größeren Höfen gab es auch Pferde, denn sie erhöhten das Ansehen des Besitzers. Wenn Adel und vermögende Bürger ihre Wagen von Pferden ziehen ließen, wollte auch der wohlhabende Bauer nicht mit Ochsengespannen daherkommen. Das Vieh stand selten im Stall; man ließ es in der frostfreien Zeit Tag und Nacht draußen. Auch die Schweine, die in Herden von Hirten gehütet wurden, verbrachten die meiste Zeit draußen. Den Brenn- und Bauholzbedarf deckten die Bauern im niederbayerischen Hügelland entweder aus hofeigenen Waldbeständen, oder, berechtigt durch alte Absprachen, aus dem Forst der Grundherren. Solcher Besitz also war es, der es den Rottaler Großbauern angebracht erschien, sonntags in der Kirche vorne zu sitzen und vor den restlichen Dorfbewohnern zu protzen. Auch sonst stellten sie gerne ihren Reichtum zur Schau, wann immer es Gelegenheit dazu gab. Auf Hochzeiten zum Beispiel, Tauf- und Totenfeiern. Dazu luden sie das halbe Dorf ein, um an festlich geschmückten Tischen zu feiern. Es spielten Musikanten auf, die man von Eggenfelden oder Pfarrkirchen geholt hatte, da ließen sie Wild und Geflügel, Gesottenes und Gebratenes auftragen, Bier und Wein flossen in Strömen. Auch bei Beerdigungen wurde groß aufgetischt. Wäre man als Außenstehender zur vorgerückten Stunde bei einem Leichenschmaus aufgetaucht, dann hätte man nur noch an der schwarzen Kleidung der Angehörigen und Gäste die Gewissheit erlangt, dass es sich hier um eine Trauerfeier und nicht um eine Hochzeitsfeier handelte.

Der Bräutigam – zum Schmunzeln

Wir befinden uns in einem niederbayerischen Wirtshaus, das gerade Sepp Huttinger betritt.

„Geh weiter, Sepp, setz dich zu uns auf den Stammtisch", ruft ein Nachbar dem Sepp zu.

„Wenn's erlaubt ist", bedankt sich der Sepp.

„Du, Sepp", spricht ihn ein anderer an, „ich hab gehört, dass du heiraten willst?"

„Ja, das ist scho a so."

„Und, freust dich schon auf d'Hochzeit?"

„Warum?", antwortet der Sepp.

„Weilst jetzt endlich ein Weiberleit kriegst und überhaupt, wie schauts denn aus?"

„Habs noch nicht gsehn, aber da Vater hat gsagt, für mich taugts schon und mitbringen tut sie auch was, das ist ja schließlich die Hauptsach, sagt mein Vater."

„Wo is sie denn her?", bohrt der Tischnachbar nach.

„Oh mei", meint der Sepp, „die is von ganz droben, von Oberbayern. Des ist eine Ausländerin! Mei Vater sagt, des war eine echte Münchnerin."

„Aber warum hast du denn keine aus unserer Gegend gnommen?", fragt der Nachbar.

„Weil's im ganzen Gäu keine solch Depperte gibt, die mich nehmen tät, sagt mein Vater."

„Ja, ja, Sepp, dein Vater ist ein gescheiter Mann, der den Verstand seines Sohnes richtig einschätzen kann", erwidert der Nachbar.

Steckbrief

Franz Unertl

geboren 1811, lediger Bauernsohn aus Stadel bei Simbach

Franz Unertl

Unertl war ein Jugendfreund von Franz Matzeder und die beiden wurden nicht selten nach alkoholisiertem Randalieren zusammen aus den Simbacher Wirtshäusern vor die Tür gesetzt.
Auf dem Anwesen in Stadel fanden die Männer der Räuberbande häufig Quartier.
Am 31 Januar 1849 war er an dem Überfall auf den Pinningerhof in Breitreit, Gerichtsbezirk Eggenfelden, beteiligt, bei dem der Bauer erschossen, eine Tochter vergewaltigt und andere Personen misshandelt wurden.
Aktenkundig belegt ist auch eine Anklage wegen Körperverletzung im Jahre 1852 an dem Zimmerergesellen Sepp Brehm aus Wisselsdorf.
Im Januar 1852 wurde Unertl verhaftet und verdächtigt, die erst 13-jährige Dienstmagd und Tagelöhnerstochter Viktoria Hinterdobler auf dem Weg zu ihrem Dienstherrn in der Nähe seines Anwesens geschändet und bestialisch ermordet zu haben. Die Tat konnte ihm aber nicht nachgewiesen werden.
Er wurde zusammen mit Xaver Unertl im Dezember 1852 in Straubing vor Gericht gestellt und verbüßte eine lebenslange Zuchthausstrafe in schwerer Kettenhaft.

Beim Unertl auf Stadel is Kirda

Franze und seine vier Geschwister Anna, Sepperl, Michi und Kreszentia saßen in der großen Stube mit ihrer Mutter Aloisia am Tisch und warteten, bis der Vater endlich von der Frühmesse heimkam. Die Dienstboten waren noch mit der Stallarbeit beschäftigt und aus dem Ofenrohr roch es so verführerisch wie sonst nur an Weihnachten oder Ostern. Es war kein normaler Sonntag, sondern der Kirchweihtag und der wurde nicht nur auf dem Unertlhof in Stadel bei Ruppertskirchen, sondern im ganzen niederbayerischen Hügelland ganz groß gefeiert. Endlich sah die kleine Anna den Vater mit dem Gäuwagerl in den Hof einfahren, auch der Knecht und die Magd waren mit der Stallarbeit fertig und saßen bereits in freudiger Erwartung auf den Festtagsbraten am Tisch. Zu der braun gebackenen Gans gab es Brotknödel und Sauerkraut mit Schmalzgebackenem und Bier.

„Heut fahrn wir zum Kirdamarkt auf Reisbach!", sagte der Franze zu den Dienstboten und war froh, dass auch der Vater endlich am Tisch Platz genommen hatte und die Mutter das Festessen auftrug. Dort im acht Kilometer entfernten Reisbach wurde schon tags zuvor mit den Aufbauarbeiten begonnen. Im Laufe des Tages trafen aus einem weiten Umkreis Fieranten und Schausteller ein. Eine Schiffschaukel wurde aufgestellt und sogar ein Seiltänzer spannte sein Seil über den Marktplatz.

„Da soll ein Mensch darübergehen? Da wird einem schon schwindelig, wenn man hinaufschaut!", stellen die umstehenden Gaffer fest. Die hölzernen Verkaufsbuden wurden aufgestellt. Die Hausknechte heben und werfen die schweren Kisten, als ob es leere Zigarrenschachteln wären, und von mehreren Seiten heißt es gleichzeitig:

„Hausl, ausspannen!"

„Wo ist denn der Hausl?"

Und der Hausl hat vor lauter Arbeit kaum Zeit, aus dem dargebotenen Maßkrug einen gehörigen Schluck zu trinken und sich den nassen Schnurrbart abzuwischen. Überall auf dem Reisbacher Marktplatz wird gehämmert, gesägt und ausgepackt. Aber erst am Sonntag, nach dem Hochamt, soll es richtig losgehen. Währenddessen nörgeln die Kinder auf dem Unertlhof schon beim Mittagessen: „Vater, wann geht's auf zum Kirdamarkt?"

„Werds es derwartn kenna, bis aufgessn is und eingspannt wird!"

„Vater", wirft der 12-jährige Franze noch einmal ein, „dürfen die Dienstboten auch mit?"

„Nur wenn s' zu Fuß gehen und wieder rechtzeitig zu der Stallarbeit dahoam sind", antwortet der Vater schon etwas genervt.

Endlich, es ist 1 Uhr Mittag, da schafft der Bauer dem Knecht, dem Girgl, an: „Spann den Brauna ei, wir fahrn jetzt mit dem Gäuwagl zum Kirda, damit die Bande endlich zum Nörgeln aufhört!"

„Ist guad Bauer!", erwidert der Knecht und geht verfolgt von der ganzen Rasselbande zur Stube hinaus, um einzuspannen.

Von Stadel aus geht es über die holprige Straße nach Simbach, über Höherskirchen und Haingersdorf nach Reisbach, das nach einer Stunde Fahrzeit endlich erreicht ist. Am Marktplatz angekommen, da kommen die Kinder aus dem Staunen nicht mehr heraus. Da dreht sich ein Karussell mit goldbestickten Samtdecken, bunten Bildern und Spiegeln. Drehorgeln spielen und der billige Jakob macht seine Sprüche. Der Platz vor der Kirche ist schwarz von Menschen.

Auf den Köpfen könnte man heimgehen, denkt sich der Franzl.

„Gibts denn so viel Leut auf der Welt?", fragt die kleine Kreszentia die Mutter, welche nur, selbst erstaunt von dem Trubel, mit dem Kopf nickt. Man trifft auch alte Bekannte auf dem Markt.

„Griaß di Gott!", sagt der Unertlbauer zum alten Matzeder, der nur zwei Kilometer entfernt vom Unertlhof ein kleines Anwesen betreibt und im nahe gelegenen Mitterschabing als Oberknecht arbeitet. Der Matzeder ist nicht gut angesehen in der Gmoa, weil er mit seiner Frau in wilder Ehe zusammenlebt und die drei Kinder somit unehelich geboren sind. Aber das stört den Unertl nicht sonderlich, er sagt immer, dass jeder selber wissen muss, was für ihn das Beste ist.

„Hast a guats Auskemma, Matzeder?", fragt ihn der Uertl.

„Könnt besser sei! Hab im Stall des Jahr koa Glück ned ghabt, mir is a Goaßkitz verreckt", antwortet der ansonsten wortkarge Matzeder. „Bist a guads Leut, Matzeder. I wünsch dir viel Glück", antwortet Unertl und geht mit Frau und Kindern weiter.

Viele Budenleut sind dieses Jahr wieder gekommen nach Reisbach, der Goldschmied von Eggenfelden, der Drechsler von Simbach, die Töpferin von Dingolfing, der Seilemacher aus Arnstorf und der Huber Matte mit seinen Spielsachen aus Landau.

Ja, der Reisbecker Kirda lasst ned aus und mit dem Wetter habn sie allemal ein Glück, denkt sich der Unertl.

„Was willst denn?", fragt der Unertl den Franzl, der ihn am Janker zieht.

„Vater, derf i mit dem Matzeder Franz im Markt umeinanderschaun? Wir kennen uns von der Sonntagsschul und sind guade Freund."
„Mach zua, aber dass ihr mir ja nichts anstellt, sonst setzts was!"
„Gwiss ned, Vater!" Und schon war der Junge mit dem fast gleichaltrigen Matzeder im Gewühl der vielen Leute verschwunden.

In den Wirtschaften ging es zu wie in einem Bienenstock. Da saßen sie eingehüllt in weißen Tabakqualm. Selbst der vorlauteste Würstlbub konnte sich nicht mehr durch das Gedränge arbeiten. Überall fanden sich neben Stühlen und Bänken noch Sitzgelegenheiten. Auf leeren Bierfässern, auf Kisten, auf den Steinstufen, auf der Stiege, auf den Wagendeichseln und im Wirtshausgang. Nirgends war noch ein freies Plätzchen zu finden.

„Ja, der Reisböcka Markt lasst net aus!"

An der Toreinfahrt der Brauerei hatte ein Messerschleifer seinen Platz gefunden und an dem Spezereienstand drängten sich die Mädchen und die Wespen. Da gab es Kirtaküchrln, süßen Met, lebzelterne Herzen und sonstige Schleckereien. Hier postierten sich auch die beiden Buben und schauten gierig auf die so verführerisch riechenden Köstlichkeiten.

„Was hilft uns die schönste Budn, wenn wir doch nix kaufen können?" meint der kleine Franzl zum Matzeder Franz.

„Wart, Franzl, ich zeig dir gleich, wie man ohne an Taler zu a Sach kimmt!" meint der junge Matzeder forsch.

Während die Bäckersfrau mit einem jungen Bauernburschen über ein Herzl für seine Liebste palaverte, griff sich der vierzehnjährige Franz Matzeder mit geschickter Hand frech ein Kücherl aus dem Tonbehälter und verschwand im Nu mit seinem Freund in der Menschenmenge. Was sich der Lauser da traute, das beeindruckte den Unertl Franzl schwer und sollte ihn von nun an für sein weiteres Leben prägen. Auf der Heimfahrt vom Reisbacher Kirta kannte Franzl nur noch einen Gedanken, er wollte genauso stark und genauso mutig werden wie der junge Matzeder.

Früher wurde das Kirchweihfest ausgiebiger gefeiert als die drei Hochfeste des Kirchenjahres, Weihnachten, Ostern und Pfingsten, an denen bis heute zwei Feiertage angesetzt sind.

„A richtiger Kirta dauert Sunnda, Moda und Irta, wann se's tat schicka, aa bis zum Migga!", so hieß es im Volksmund.

In den kommenden Jahren musste der Unertlhof schwere Schicksalsschläge hinnehmen. Der sonst so stolze und fleißig geführte Hof bekam die Seuche in den Stall, dadurch wurden viele Tiere dahingerafft. Unertl musste sich von seinen Dienstboten trennen, auch musste er immer wieder Grund an die Nachbarn verkaufen, um das Überleben zu sichern und als dann auch noch seine Ehefrau verstarb, begann er zu trinken, vernachlässigte die Kinder und das Anwesen wurde immer weiter heruntergewirtschaftet, sodass es zur Versteigerung kam und die Familie innerhalb von 15 Jahren mittellos wurde.

Die einfache Bauernkost im 19. Jahrhundert

Moda
In da Friah a Wasserschnalzn mit Zwiebeln aufbrennt, dazu Erdäpfel.
Zu Mittag Krautknödl. Auf d' Nacht a Brennsuppn.

Irta
In da Friah a Wassersuppn mit Mehl aufbrennt und Erdäpfel.
Mittags an Wüegla (Kartoffelschmarrn). Auf d' Nacht Trebernsuppn.

Migga
In da Friah a Brotsuppn mit Zwiebln aufbrennt und Erdäpfel.
Zu Mittag Drahdiwichspfeiferl (gedrehte Nudeln).
Auf d' Nacht Trebernsuppn.

Pfinster
In da Friah a Schnittlsuppn.
Mittags Rohrstangl und auf d'Nacht Erdäpfelbrei.

Freida
In da Friah a süaße Millisuppn. Auf Mittag gsottne Kletzn mit Knödl.
Zur Nachtsuppn a saure Suppn.

Samsta
In da Friah a Bröcklsuppn. Mittags Flintnstoaner und auf d' Nacht
a Brühsuppn vom Metzga mit griebnem Toag.

Sunnda
In da Friah Millisuppn. Zu Mittag a halbs Pfund Rindfleisch für sechs
Leut. Da hat no so viel übrig bleibn müassn, dass ma auf d' Nacht no
a einkochte Suppn kriagt hat.

An Weihnachtn, Ostern, Kirta und Pfingsten, hats an Schweinsbraten
mit Knödl und Kraut gebn.

A Ganserl haben sich nur die Großkopferten leisten können.

Brennsuppn

Suppen standen bei den einfachen Leuten im 19. Jahrhundert fast täglich auf dem Tisch. In vielen Variationen waren sie billige Speisen und konnten aus wenigen Zutaten recht schnell zubereitet werden. Die „Brennsuppn" wurde in ganz Deutschland, oft auch mit Beigabe von Kartoffeln, gegessen.

Zubereitung:
Das Schmalz im Topf erhitzen, Mehl darin goldbraun rösten, geschnittene Zwiebel dazugeben und mitrösten. Geschirr von der Kochstelle nehmen, vorsichtig unter Rühren aufgießen, glatt rühren, zum Kochen bringen. Kümmel dazugeben und Suppe nach dem Aufgießen ½ Stunde leise offen kochen lassen.
Abschmecken, mit Rahm und Rotwein verbessern.

Zutaten:
40 g Schmalz
50 bis 60 g Mehl
1 Zwiebel
1 ½ Liter Flüssigkeit
Salz
etwas Kümmel
2 bis 3 Esslöffel Rahm
2 bis 4 Esslöffel Rotwein

Steckbrief

Franziska Erlmayr

geboren 1826, ledige Bauerstochter aus Oberschabing bei Simbach

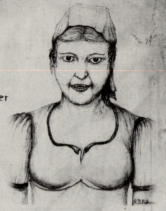
Franziska Erlmayr

Eine Frau aus Simbach, deren Identität nach langen Recherchen nun zweifelsfrei geklärt ist, war Franz Matzeder zugetan.

Es handelte sich um die ledige Bauerstochter Franziska „Fanni" Erlmayr aus Oberschabing. Sie hatte von Matzeder Details über den letzten Raubüberfall erfahren und diese dem Räuber Klingsohr erzählt. Klingsohr sagte dazu in einer Gerichtsverhandlung aus.

„Fanni", wie sie von den Räubern genannt wurde, traf sich mit den Halunken am Kalten Brunn, dem Versteck der Bande, in einem Waldstück nahe dem Anwesen Matzöd und wurden dort auch von einem benachbarten Bauern beobachtet. Sie trug neueste Informationen und zur rechten Zeit Warnungen vor den Gendarmen zu den Räubern. Sie kannte den Platz, nicht weit vom Anwesen ihrer Eltern entfernt, wo Branntwein, Waffen und Wertsachen versteckt wurden. Vermutlich hat sie die Sachen nach der Verhaftung von Matzeder und Reiter an sich genommen. Der Kalte Brunn war Treffpunkt für Gelage, Absprachen und Ort zum Verteilen von Beute.

Franziska Erlmayr gebar nach der Hinrichtung Matzeders noch drei ledige Kinder, jeweils von unterschiedlichen Männern, und heiratete am 10. Juli 1860 den ledigen Söldner Jakob Diesinger aus Starzenberg bei Simbach.

Über die Fanni

Das Leben der Franziska Erlmayr stand von Anfang an unter keinem günstigen Stern. Ihren leiblichen Vater hatte sie nie kennengelernt, denn sie war ein Kind der Sünde. Ein Anhängsel, als sich Simon Erlmayr erbarmte und ihre Mutter Maria heiratete. Ein Bangert. Ihre Eltern waren beide Bauernkinder, deshalb konnten sie sich zusammen mit ihrem Heiratsgut eine kleine Hofstelle in Oberschabing bei Simbach aufbauen. Die jungen Eheleute arbeiteten hart für ihre neue Existenz. Ein Kind war in diesen Zeiten hinderlich, denn die Arbeitskraft der Mutter wurde von den ersten bis zu den letzten Sonnenstrahlen des Tages gebraucht. Noch vor der Frühsuppe versorgte sie den Ochsen und die Kuh und ließ das Kleinvieh, die Ziegen und Hühner, aus dem Stall. Dann stand sie schnell am Herd und rührte eine Einbrennsuppe für die junge Familie. Wenn keine Feldarbeit verrichtet werden musste, bauten sie zusammen am Holzschuppen, dem Hofzaun, dem Schweinekoben … und dazwischen quengelte das einsame und lästige Kind. Die ersten Jahre banden sie es irgendwo in Sichtweite mit einem Strick fest, im Winter am Tischbein in der Stube und im Sommer am Gartenzaun. Als Fanni größer wurde, durfte sie sich ungebunden beschäftigen, doch wenn sie sich unerlaubt davonmachte, dann gab es Ohrfeigen.

Simon Erlmayr liebte die kleine Fanni nicht. Am Anfang war sie ihm einfach egal, aber mit den Jahren entwickelte sich Abneigung. Er hatte nie mit ihr gespielt, sie nie in den Arm genommen, sich nie mit ihr beschäftigt. Sie war nicht sein Kind. Sie war das Kind eines dahergelaufenen geilen Mistkerls und seiner Maria, einer Hur. Mit den Jahren wurde das Verhältnis zwischen den Eheleuten immer kälter. Recht schnell verstummte das Lachen aus der Anfangszeit auf dem Erlmayrhof und die Abende in der Stube wurden stiller. Doch das Blatt wendete sich noch einmal. Obwohl sich die Tage zum Ende des Jahres 1830 dunkel und wolkenverhangen zeigten, hellte sich die Stimmung der Eheleute wieder spürbar auf. Es war fast wie am Anfang. Simon erzählte wieder von seinem Tagwerk, fand wieder manch witziges Wort und brachte seine Frau zum Lachen. Maria wurde dicker – sie war schwanger. Das gemeinsame Kind wuchs in ihrem Leib. Vieles war inzwischen geschafft und wenn bald ein Stammhalter Zuwendung einfordern würde, dann wäre dies nun auch möglich. Ein Freudentaumel stellte sich ein, außer in der Beziehung zur Fanni. Noch strenger schimpfte der Stiefvater und noch häufiger schmerzten die Ohrfeigen in diesem Winter.

Im Mai 1831 holte Simon die Hebamme, da es wohl so weit sein musste. Maria, die ja bereits durch ihre erste Geburt Erfahrung hatte, spürte den richtigen Zeitpunkt und schickte ihren Mann nach Simbach, um die Hebamme zu holen.

Als die beiden auf dem Hof eintrafen, krümmte sich Maria schon vor Schmerzen auf ihrem Strohsack. Die Gerstlin tastete mit den alten, faltigen Händen nach den Konturen des Kindes unter der gespannten Haut der Bauchkugel.

„Es muaß se no drahn!", sagte die Alte und nickte zuversichtlich.

Insgeheim erkannte sie die ernste Situation. Das Fruchtwasser war bereits abgegangen und der Muttermund hatte sich einige Zentimeter geöffnet. Da es ja bereits die zweite Geburt war, konnte das Ganze nun ziemlich schnell gehen. Das Kind musste sich drehen, denn es lag quer zum Geburtskanal. Die nächste Wehe trieb beiden Frauen den Schweiß auf die Stirn. Die Hebamme drückte und zerrte an dem Kindskörper und die Mutter quälte sich unter den immer stärker werdenden Geburtswehen. Nach einer unendlich langen Stunde konnte Simon das Geschrei beider Frauen und das kleine schluchzende Mädchen vor der Tür nicht mehr ertragen. Mit einer Flasche Zwetschgenbrand floh er hinüber in den Kuhstall. Nach einer weiteren Stunde hatte er die Flasche geleert, unzählige „Vaterunser" gesprochen, gestöhnt und sooft er vor die Tür ging und in das Singen des Windes horchte, die bald unaufhörlichen Marterschreie seiner Frau vernommen. Der Schnaps hatte ihm mächtig zugesetzt. Als er wieder zu seiner Kuh wankle, stolperte er über seine eigenen Füße, stürzte und landete im Mist. Er rappelte sich auf, setzte sich hinüber in die Strohscharte.

Als Simon plötzlich hochfuhr, war es dunkel. In seinem Kopf drehte sich alles noch stärker als zuvor. Er sprang auf die Beine und tastete sich zur Stalltür. Der Wind hatte nicht abgeflaut und pfiff sein Lied in die Finsternis, aber vom Haus war kein Laut mehr zu hören. Simon schüttelte seinen Kopf und sein Rausch schien sich ein wenig zu lichten. Es war wohl überstanden. Er musste hinüber zu seinem Kind! Sein Sohn war geboren und sie hatten ihn nicht gefunden, um ihm das Bündel in den Arm zu drücken. Er stakste hinüber zum Haus, polterte in die Flez und die Holztreppe hinauf zur Kammer.

Die Tür öffnete sich mit einem Knarren, das er heute seit Langem wieder einmal wahrnahm. Nur das Licht eines Wachsstöckels gab einen fahlen Schein. Die Frau, die vor ihm in ihrem Bett lag, schien ihm fremd. Ihre Gesichtsfarbe war bleich, die Augen schienen ihr eingefallen und sie schlief mit offenem Mund.

Die Hebamme wirkte ebenso seltsam und blutleer. Das Kind lag nicht im Arm der Mutter, auch nicht in dem Zuber mit warmem Wasser. Es war tot.

„Wos sogst du da? Es wär a Bua gwesn und es ist tot? Du hast es umbracht, du Hex!", schrie Simon, bevor er die Hebamme aus dem Haus hinaustrieb und in seinem Schmerz auf die Knie fiel und weinte.

Nach einer Weile ging er wieder hinauf zu seiner Frau. Sie lag genauso gespenstisch in ihrem Bett wie vorher und Simon kam plötzlich die Angst, dass auch sie gestorben sein könnte. Er beugte sich zu ihrem Kopf hinunter und horchte, doch in seinem Zustand konnte er weder die leisen Atemgeräusche hören, noch den Atem auf seiner Hand spüren. Er richtete sich wieder auf und ihm fiel das Kind ein. Wo war das Kind?

Er sah sich in der Kammer um. Die Kerzenflamme gab nur ein wenig Licht, deshalb konzentrierte er sich sehr, um etwas zu erkennen. Er trat hinaus auf den Gang, ging hinüber zur zweiten Kammer, die noch leer stand und für den erhofften Kindersegen hergerichtet war. Auch hier brannte eine Kerze. Daneben lag, in ein leinenes Tuch gewickelt, das tote Kind. Simon biss die Zähne zusammen. Die Gesichtsfarbe des kleinen Wurms war dunkel. Er war traurig, aber er hatte keine Tränen. Es war tot. Simon ging hinunter in die Küche und nahm den Weihwasserkessel von der Wand. Wieder zurück in der Kinderkammer tauchte er den Finger ins Weihwasser und zeichnete ein kleines Kreuz auf die Stirn seines Sohnes. Er taufte ihn auf den Namen Josef.

Maria Erlmayrs Leben hing an einem seidenen Faden. Zu dem gefährlichen Blutverlust kam später noch das Fieber. Sie erholte sich nur sehr langsam und es schien alle Lebensfreude aus ihr gewichen. Zwischen den Eheleuten wollte sich nur noch wenig Zuneigung einstellen. Für die Bangertdirn Fanni hatte der Stiefvater indes noch weniger übrig. Wie gern hätte er ihr Leben gegen das seines Sohnes eintauschen wollen. Einen „unnützen Deife" schimpfte er sie boshaft und die „Watschn" langte er ihr zu jeder Gelegenheit.

Es sollte acht Jahre dauern, bis sich wieder Nachwuchs einstellte.

Mitte September 1839 wurde wieder ein Sohn geboren, der wiederum Josef getauft wurde. Bis 1850 gebar Maria noch zwei Jungen und drei Mädchen, während Fanni zur jungen Frau heranwuchs.

Bei jeder Gelegenheit versuchte sie den Klauen des mürrischen und jähzornigen Stiefvaters zu entkommen. Sie konnte ihm nichts recht machen und so ließ sie es allmählich auch bleiben. Sie trieb sich am liebsten in den rundherum angrenzenden Wäldern herum, sammelte Pilze, Kräuter und Beeren.

Am Anfang des 1848er-Jahres konnte die damals 22-jährige Fanni eine eigene Schwangerschaft nicht mehr verbergen. Obwohl sie inzwischen volljährig war, schlug sie ihr Stiefvater, als er davon erfuhr, zum letzten Mal windelweich.

Gemeindeverordnungen
aus der Simbacher Chronik

1809
Nun werden auch in Simbach die Urteile wieder strenger: Die leichtfertigen Personen können sich nicht mehr mit Beichtzetteln um die gemeine Marktsgeigen herumdrücken.

Die Bierbrauer und Gastwirte werden darauf aufmerksam gemacht, dass sie die vorgeschriebene Polizeistunde um 22 Uhr genau zu vollziehen haben. Welcher nach der Polizeistunde den Gästen Bier abreicht, wird mit 5 Talern bestraft. Wenn das Lärmen, Singen und Raufen, wie es kürzlich der Fall gewesen, nicht aufhört, so werden die Gastgeber, die solchen Unfug gestatten, angezeigt.

Im Übrigen werden alle Hausväter aufmerksam gemacht, dass sie ihre Hausgenossen nach dem Ave-Maria-Läuten nicht mehr aus dem Hause lassen.

1812
Den Rauflustigen wird das Tragen von weichselbaumenen Stöcken verboten und die Ablieferung der Raufinstrumente zur Pflicht gemacht.

Auch das Tragen von Schlagreifen, Raufringen und von mit Blei oder Metall eingegossenen Stöcken wird bestraft.

Wer auf dem Tanzboden mit einem Stock erscheint oder außerhalb des Hauses mit einem spitzen Messer angetroffen wird, verfällt ebenfalls der Strafe.

Das Übernachtungswesen wird streng geordnet. Die fünf Bierbrauer haben sich zu verpflichten, dass jeder das vorgeschriebene Formular der Fremdenbücher anzuschaffen und bereitzuhalten habe.

Der Ausschank an Trinker ist verboten. Weshalb der Rosolio-Brenner (Schnapsbrenner) Johann Sachs verspricht, dass er der Rosina Putz niemals mehr einen Branntwein ausschenken wird.

1822
Nach allerhöchster Verordnung ist ab sofort das sogenannte Wetterläuten bei Strafe von 20 Talern verboten.

1824
Der Magistrat lässt die Dienstboten, welche zu kommenden Lichtmessen in keinen Dienst treten, als Vaganten behandeln, mit Stockstreichen bestrafen und nach Umständen in ein Zwangsarbeitshaus einweisen.

1835
Die in Fünfleiten aufgegriffene Zigeunerbande, mit acht Kindern, der Simbach als vorläufige Heimat zugeteilt wurde, wird vom Markt strikt abgelehnt, denn gesetzlich wäre ja überhaupt jene Gemeinde anzuweisen, in welcher die Bande aufgegriffen wurde. Wenn aber Fünfleiten dazu nicht herangezogen werden könne, so wäre Eggenfelden auch nicht weiter entfernt als Simbach.

1837
Es werden die Familien Kitterer mit sieben Kindern und Fischhold mit zehn Kindern einfach ausgewiesen, nachdem sie schon seit längerer Zeit beschäftigungslos sind.

1841
Keinen Taler Geld mehr für den Bettler Helldobler, der schon im Vorjahr angewiesen wurde hierherzukommen, da ihm im Armenhaus ein Zimmer eingeräumt werden sollte.

1850
Herr Hofreiter Anton, Handelsmann von hier, der seinen Dienstboten gestattet das Wasser beim Brunnen stehen zu lassen, wird nächstmalig um einen Taler bestraft.

Anträge und Klagen an die Gemeinde

1813
Maler Ludwig klagt die Schreinermeister Sedlmeier und Eppinger an, weil sie sich unterfangen sogar eiserne Kreuze und Rennschlitten anzustreichen, die nur der Maler anzustreichen berechtigt ist.

1815
Das Bittgesuch des Rosolio-Brenners Josef Dachs wegen Erbauung eines Häuschens wird genehmigt unter der Bedingung, dass derselbe als Mauerer und nicht als Rosolio-Brenner aufgenommen wird, sodass er seinem hiesigen Bruder Johann Dachs, Rosolino-Brenner, an seinem Gewerbe nicht den geringsten Schaden zufüge.

1842
Mathias Sterr von Eggenfelden will eine Niederlassung von Gold- und Silberwaren hier eröffnen. Da hier aber bereits ein Gürtler ist, der dadurch beeinträchtigt und beschädigt und in seinem Einkommen gehemmt wird, so ist die Gemeinde dagegen.

1851
Das Konzessionsgesuch eines Eggenfeldener Konditors wird abgelehnt. Es sind nämlich bereits zwei Händler mit Konditorwaren hier; dann wird weder von den hiesigen Gemeindemitgliedern noch von dem herumliegenden Landvolk eine Konditorei gewünscht, denn sie sind weit entfernt, ihr Brot mit Leckerbissen zu vertauschen. Selbst in Arnstorf, Reisbach und Eichendorf gibt es keine Konditoreien und Simbach ist glücklich, einen Konditor nicht zu besitzen, da hier Luxusartikel fremd bleiben, die schon manche Familie dem Bettelstab zuführten.

1861
Erlaubt die Gemeinde dem Bäckersohn Georg Bauer 12 Tage dem Oktoberfest beizuwohnen.

's Versteck am Koidn Brunn

In östlicher Richtung von Simbach erreicht man nach einer halben Stunde Fußweg eine kleine Schlucht im sogenannten Schabinger Holz. Hier befindet sich eine steingefasste Quelle, mit der die Simbacher von alters her naturreligiöse Vorstellungen verbinden. Schon früh hielten sie das Wasser für heilkräftig und wandten es gegen Krankheiten der Augen an. Hierher flüchteten schon Bewohner des Marktes während der Feindeinfälle im Dreißigjährigen Krieg und versteckten sich in den damals noch dicht bewachsenen Waldungen. Auch ein Kirchlein stand früher neben dem Brunnen, das einem in Bayern wenig bekannten Heiligen gewidmet war, den sie Cassian oder noch früher Castellan nannten. Zu Füßen dieses Heiligen stand ein Opferstock, den die Frommen füllten und die Lumpen leerten. In diesem fast undurchdringlichen Waldgebiet, nur 800 Meter von Matzöd entfernt, hatten auch die Matzöder Räuber ihr Versteck.

Bei den Bauern und Dorfbewohnern wurde diese Schlucht der „Kalte Brunn" genannt. Dieser durch Bäume und Sträucher dicht bewachsene Platz bot Sicherheit, denn nur Einheimische kannten den Ort. Hier kannte der Franz Matzeder sich aus, von hier aus konnte er seine Raubzüge beginnen und sich nach Bedarf auch wieder zurückziehen und sich in Sicherheit wiegen.

Die Bauern und Jäger ahnten zwar, dass er sich hier gelegentlich herumtrieb, aber keiner hätte es gewagt, ihn bei der Obrigkeit anzuzeigen. Zu groß war die Furcht vor seiner Rache. Warum auch hätte man ihn anzeigen sollen? Seine Raubzüge beging er nicht in Simbach, hier „hielt er sich die Leute warm" und fand Unterschlupf, wann immer er ein Lager zum Schlafen brauchte. Dem Gerede nach beging er seine Straftaten in Eggenfelden, Landau oder gar Neumarkt, Vilshofen, Geiselhöring oder Vilsbiburg. Das war weit weg und ging einen ja auch nichts an. Ob alles stimmte, was in den Wirtshäusern dahergeredet wurde, war ohnehin fraglich. Hier in der Simbacher Gegend hatte man mit dem Franz, wie er einfach genannt wurde, keine großen Probleme. Das mag wohl auch ein Grund dafür gewesen sein, warum es der Gendarmerie so lange nicht möglich war, seiner habhaft zu werden. Dass der Simbacher Gendarmeriekommandant auch von dem Versteck wusste, ist nicht auszuschließen, aber warum sollten er und sein einziger Bediensteter hier ihr Leben riskieren, um den Matzeder zu verhaften?

Hochzeiterin

Klara Matzeder, geboren am 24. Februar 1814, war die Schwester von Franz und Sepp Matzeder.

Nach dem Willen ihrer Mutter – der Vater war schon vor Jahren verstorben – sollte Klara einmal das elterliche Anwesen übernehmen. Franz kam dafür überhaupt nicht infrage, denn der saß schon mehrfach im Arbeitshaus ein und wurde, wenn einmal in Freiheit, dann ohnehin gleich wieder von den Gendarmen gesucht.

Auch Sepp Matzeder war immer wieder wegen Schlägereien, Wilderei und kleineren Einbrüchen mit der Obrigkeit in Konflikt.

Zur Bauernarbeit fehlten ihm jegliches Interesse und Geschick.

Damit Klara das kleine Anwesen übernehmen und erweitern konnte, sollte zuvor ein geeigneter Hochzeiter gefunden werden. Ein anständiger, sittsamer und vor allem fleißiger Bursche sollte es sein, der die vier Tagwerk Grund bewirtschaften und nebenher als Tagelöhner in der Ernte- und Dreschzeit einige Gulden hinzuverdienen konnte. Zum eigenen Unterhalt musste nach der Übereignung dann auch noch der Austrag der Mutter verdient werden.

Die alte Matzederin beauftragte den Schäfer und Tagelöhner Michl Greithofer damit, gegen ein kleines „Schmugeld" einen passenden Hochzeiter zu finden. Greithofer kam sowohl als Schäfer und auch bei der Ernte als Tagelöhner weit in der Gegend herum, er erfuhr vie-

le Neuigkeiten und meist auch, wo eine heiratswillige Person zu finden war. Er wusste zufällig, dass in Reith bei Reisbach dem Häusler Joseph Winkler vor einem halben Jahr die Frau verstorben war und er schon wegen seiner beiden Töchter, Rosina und Therese, 14 bzw. 9 Jahre alt, eine neue Frau suchte. Winkler besaß zwar nur einige Gulden an Bargeld, er war aber sehr fleißig und kein Wirtshausgeher. Auf Vermittlung von Michl Greithofer besuchte Winkler die Matzederfamilie auf ihrem Anwesen in Matzöd. Es gab keine gegenseitige Abneigung und so waren sie sich schnell darüber einig zu heiraten. Hochzeiter und Hochzeiterin vereinbarten den 22. August 1846 als

Hochzeitstag, wobei einen Tag zuvor, wie damals üblich, auch der Hofübergabevertrag abgeschlossen wurde.

Hier heißt es wie folgt:

> Die Hochzeiterin bringt als Heiratsgut das heute durch Übergabe erhaltene elterliche Anwesen im Werte von 845 Gulden in die Ehe, wobei ihr ein stillschweigendes Elterngut von 200 Gulden verblieb.
>
> Dieses widerlegte ihr der Hochzeiter mit seinen 25 Gulden bestehenden baren Vermögens.

Übergabevertrag vom 18. August 1846

Es erscheinen heute nachstehende Personen vor Gericht und verlautbaren folgenden Vertrag: Elisabeth Matzeder, Häuslerswitwe von Matzöd, unter Beistandsleistung des Johann Dorfner, Bauer von Kenading, übergibt ihr in der Steuergemeinde Langgraben entlegenes Anwesen, Nähe zum Markte Simbach zinsbares Wohnhaus mit Stall und Stadl, dann den Garten, den Enzingeracker, den Griebacker, den Schartlacker, den Hausacker, das Schärtl- und Hausholz, im Gesamtflächenraum zu vier Tagwerk an ihre bereits großjährige Tochter Klara Matzeder unter folgenden Bedingungen:

I. Übergeberin erhält einen unverzinslichen Übergabeschilling von 100 Gulden, wovon 25 Gulden sogleich bar, die restlichen 75 Gulden aber auf jedesmalige Verlangen bezahlt werden. Auch erhält sie nachfolgenden lebenslänglichen Naturalaustrag.

II. Zur Wohnung muss ihr von der Übernehmerin ein wohn- und heizbares Stüberl hergerichtet und in diesem Zustande unterhalten werden.

III. Zur Beheizung jährlich vier Klafter Fichtenscheite.

IV. Zur Nahrung die Kost mit der Übernehmerin über Tisch oder jährlich 3 Metzl Weitz, ½ Scheffel Korn, von Georgi bis Michaeli täglich 1 Maßel süße und von Michaeli bis Georgi wöchentlich 3 Maßel saure Milch, jährlich 5 Pfund Rindschmalz, 1 Maßel Salz, 30 Eier, zu Weihnachten und Ostern jedes Mal 4 Pfund Schweinefleisch, dann alle Quatember 1 Gulden Einspanngeld.

V. Zur Kleidung muss ihr das Notdürftigste angeschafft werden.

VI. In Krankheitsfällen erhält sie freie Krankenkost, Medizinkosten und im Absterbensfalle muss sie standesgemäß zur Erde bestattet werden.

VII. Derselben muss unentgeltlich gewaschen, gebacken und geflickt, das Getreide in die Mühle und das Mehl aus derselben gebracht und, wenn sie beim Anwesen nicht mehr bleiben könnte oder wollte, jährlich 15 Gulden Herbergszins verabreicht und der Austrag eine Stunde mit nachgebracht werden. Vorstehender Austrag wird, jedoch für beide Theile nun verbindlich, jährlich auf 15 Gulden, in 3 Jahren auf 45 Gulden angeschlagen.

VIII. Jeder ihrer beiden Brüder, namens Franz und Joseph Matzeder, hat Übernehmerin im Verehelichungsfalle oder auf jedesmaliges Verlangen ein unverzinsliches Elterngut von 200 Gulden, beiden zusammen 400 Gulden zu bezahlen.

Im ledigen Stande haben sie jederzeit Anspruch auf freie Wohnung, in Krankheitsfällen erhalten sie 14 Tage lang freie Krankenkost, Medizinkosten im Anschlage à 3 Gulden, zusammen 6 Gulden. Der heute anwesende Joseph Matzeder erklärt sich hiermit ganz zufrieden und verzichtet auf alle weiteren Forderungen und Ansprüche. Auch verlangt er den Eintrag in das Hypothekenbuch nicht.

Gleiche Erklärung hat auch Franz Matzeder laut dem hier anliegenden Original-Protokoll des Königlichen Landgerichts Au vom 8. Juli dieses Jahres abgegeben.

IX. Das im Hypothekenbuch Langgraben Bd. I S. 389 eingetragene Kapital an Johann Nepomuk Gloner zu Simbach mit 100 Gulden hat Übernehmerin ebenfalls zu verzinsen und Heimzahlung zu übernehmen.

X. Zugleich erklärt sich Übernehmerin für die Bezahlung der allenfalls unbekannten Schulden haftbar und bemerkt, dass ihr durch den Mehrwert dieses Anwesens ebenfalls ein stillschweigendes Elterngut von 200 Gulden verbleibt.

Königliches Landgericht Landau
18. August 1846

Erblassenschaft des Philipp Matzeder

München Au, den 8. Juni 1846, zufolge des im Original mitgeteilten Übergabevertrags ließ man den Franz Matzeder, Büßer im Strafhause dahier, vorführen, verständigte ihn vom Übergabevertrage durch ausdrückliches Vorlesen desselben, worauf er erklärt:

Ich bin mit diesem Vertrag vollkommen einverstanden und willige in die beantragte Übergabe unter den mir vorgelesenen Bedingungen.

Unterschrift Franz Matzeder.

Steckbrief

Xaver Harlander

geboren 1812, lediger Bauernknecht, außerehelicher Sohn der Lumpenbauerstochter von Dettenau im Landgerichtsbezirk Eggenfelden

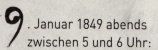

9. Januar 1849 abends zwischen 5 und 6 Uhr:
Mit weiteren Spießgesellen überfiel Harlander die Bäuerin Eya Mair zu Dreibrechting. Mehrere Hausbewohner wurden tätlich misshandelt. Sie raubten Geld und Effekten (Aktien).

31. Januar 1849 morgens 7 Uhr:
Mit einer Flinte bewaffnet überfiel Harlander zusammen mit zwei weiteren Räubern den Bauern Mathias Plinninger auf dessen Hof in Breitreit.
Den Bauern erschossen sie auf der Stelle und schlugen die Tochter nieder. Sie erbeuteten Geld und Effekten.

28. Mai 1851:
Nach jahrelangen Raubgängen und anderen Missetaten wurde Harlander durch eine Abordnung der Gendarmerie festgenommen.
Er setzte sich tätlich zur Wehr und verletzte dabei den Gendarmen Kaiser. Harlander gehörte zur Matzederbande und wurde 1852 zum Tode verurteilt.

Überfall auf Breitreit

An diesem 30. Januar war zwar der Boden gefroren und eine dünne Schicht Schnee hatte das Land eingehüllt, aber die Nebelsuppe und eine dichte graue Wolkendecke ließen die Tage nicht aufklaren und die Nachttemperaturen nicht zu stark sinken. Ein typischer niederbayrischer Wintertag eben, an dem es spät hell und früh dunkel wurde. Arme Häuslleut waren damit beschäftigt, die Wolle ihrer zwei, drei Schafe zu verspinnen und Holz zu schlagen oder zu sammeln. Nicht so die vier Burschen, die in dieser ruhigen Zeit keine Anstellung als Tagelöhner finden konnten und auf der Suche nach Gelegenheiten herumstreunten. Nicht nach Gelegenheiten zur Arbeit, nein, ihre Absicht war verwegen und von böser Natur.

Im dichten Nebel erreichten die vier Männer den Hof des Sebastian Plinninger in Breitreit bei Bodenkirchen. Das Anwesen war über das ganze Jahr eine Baustelle gewesen. Zuerst wurde der Viehstall neu gebaut, sodass nun zwei Ochsen und bis zu vier Kühe darin Platz finden konnten. Im Herbst wurde begonnen, das Haus umzubauen. Für den Bauern sollte eine Austragswohnung eingerichtet werden, da die älteste der beiden Töchter einen Hochzeiter gefunden hatte, der im nächsten Jahr mit entsprechender Mitgift in den Hof einheiraten sollte. Da wegen der noch abzuschließenden Bautätigkeit gewiss Bargeld im Besitz der Bauersleut war, wurden sie zum Ziel eines Räuberplans.

Matzeder hatte es an diesem Nachmittag noch gar nicht eilig – noch hatte er sich kein Bild von den Gegebenheiten des Hofes gemacht und keine Details mit den anderen Rabauken besprochen. Zum Einbrechen war es deshalb noch viel zu früh. Die Männer näherten sich von Osten dem Hof und gerade als die Gebäude durch den Nebel sichtbar wurden, hob er die Hand und gebot damit seinen Kumpanen innezuhalten. Mit seiner kräftigen Hand wies er das Bauernhaus zur Rechten des Wegs, dann benannte er die Nebengebäude. Aus den Türritzen des Stalls, den man von der Zufahrt geradeaus vor sich sah, dampfte warme Luft des Viehs, daneben schloss eine Tenne an und

auf der linken Seite stand ein großer Holzschuppen. Matzeder wollte sich hier frech über die Nacht einnisten und führte die Gruppe um den Hof herum, öffnete das Tor der Durchfahrt auf der Rückseite des Stallgebäudes, das zu einer Wiese hinausführte, und stieg eine Leiter hinauf, wo sich das Strohlager befand.
„Do lasst sichs doch aushalten bis morgen friah, oder?"
„Na ja, a Bett und a warme Stubn san mia scho allemoi liaber!", entgegnete Gustl Klingsohr.
„Wenn ma d' Wärm ned vo außn habn kennan, dann miaß ma uns hoid inwendig wärma. Oana vo eich muaß iatz no zum Wirt nach Rothenwörth ummi geh und a Flaschn Obstler holn. Is eh net weit, höchstens a halbe Stund."
Einen Freiwilligen gab's nicht. Franz Reiter stierte wie abwesend auf die Strohberge und Unertl kramte in seinem Rucksack, als hätte er die Aufforderung gar nicht gehört.
Matzeder suchte auch keinen Freiwilligen, sondern sprach in ruhigem Ton Harlander an, der sich gerade den warmen Atem in seine Hände blies.
„Du muaßt geh, Xav, dann woaß i dass nix fehlt!"
Xaver Harlander nickte. Er kannte die Gegend und auch das Wirtshaus in Rothenwörth. Franz Matzeder war ihm vertraut geworden und er akzeptierte seine Rolle als Anführer freundschaftlich.
Ohne langes Zögern stand Harlander auf.
„I hob aber koa Geld mehr, des muaßt nacher du vorschiaßn!"
Mit einigen Gulden stieg er die Leiter hinunter, stapfte westlich über die Wiese, bis er die Straße nach Rothenwörth erreichte.
Harlander freute sich über die wohlige Wärme des Kachelofens, als er die Gaststube von Clemens Kraus betrat. Er setzte sich an einen Nebentisch und war sehr froh, diese Besorgung angetreten zu haben. Er rieb seine kalten, schrundigen Hände. Kraus erhob sich vom Stammtisch, den ein paar Dorfmänner mit ihren Pfeifen einnebelten und fragte nach dem Wunsch des Gastes. Harlander bestellte eine Maß Bier, die der Wirt gern und schnell brachte.
„Wo kimmst nacher du her?", fragte der Wirt in bester Absicht, mit dem Mann eine freundliche Konversation zu führen.

„Gehts di wos o? I trink mei Bier und zahl dafür!", antwortete er kurz angebunden.

Verlegen wich der Wirt dem Blick Harlanders aus, sah an ihm herunter und bemerkte, dass aus der Jankertasche des Fremden ein Pistolenlauf herausragte. Er nickte wortlos und verzog sich schnell an die Theke.

Harlander trank das Bier aus dem Steinkrug gierig in wenigen Minuten. Schnell stieg ihm die Wirkung des Alkohols in den Kopf, denn er hatte an diesem Tag noch nichts gegessen. Er rief noch mal, jetzt wieder versöhnlich, nach dem Wirt.

„Geh bring mir no an Kruag Bier – und dann hätt i no a Bitt: Host du a Flaschn Obstbrand und an Brasiltabak für mi zum mitnehma? I bsuach mein Vetter, dem mecht i gern a wenig wos mitbringa."

Mit Schnaps, Schnupftabak und einem Wecken Brot im Rucksack machte sich der sonderbare Gast nach einer kurzen Rast wieder auf den Weg und erreichte seine Räuberkumpane, als es schon stark dämmerte. Harlander fand sie nicht auf der Strohtenne, sondern aus dem Stall flüchtend, weil gerade eine der Plinningertöchter zum Melken der Kuh in den Stall kam.

Lautlos stiegen sie wieder hinauf ins Stroh. Es wurde dunkel. Sie richteten sich ein Lager, wo sie noch zusammen sitzen und sich dann hinlegen konnten.

„Iatz dua den Schnaps außa – mia habn lang gnuag hergwart!", forderte Reiter ungeduldig.

Harlander öffnete den Rucksack und holte im letzten Licht den Brotlaib heraus, schnitt mit dem Messer dicke Stücke ab und verteilte reihum. Die Räuber verschlangen das Brot gierig. Der Apfelbrand ging von einem zum anderen.

„Aah, der warmt!"

Der Schnaps brannte in der Kehle, wärmte angenehm den Bauch und berauschte den Geist .

„I hab no wos Feins mitbracht", überraschte Harlander stolz seine Freunde, „do schauts, a Flaschl Brasiltabak. Iatz warts, glei gib i 'n her."

> ad 1. a) **Raub an Math. Plinninger.**
>
> Als am 31. Jänner 1849 Früh morgens die Bauerstochter Maria Plinninger mit einem Wasserschaffl zur Hausthüre hinausgehen wollte und dieselbe geöffnet hatte, kamen ihr 4 Kerls mit Flinten und Pistolen bewaffnet entgegen, wovon zwei sie sogleich in's Hausfletz zurückdrängten, zu Boden warfen, mit Gurgelabschneiden drohten. Sie hörte nur ein Paar Pritscher, als ob gehauen würde, gleich darauf ein Schuß und den Ruf Eines Räubers „Einer ist schon gelähmt." Als die Räuber Licht gemacht hatten, sah sie ihren Vater rosselnd in einer Lache Blut im Fleze liegen. Darauf wurde sie gebunden liegen gelassen, und ihr todter Vater zur Thüre herein aufs Gesicht mit der Aeusserung von Einem der Räuber geworfen, „da leg dich her du alter Lump! Während nun einer der Räuber zu ihrer Bewahrung zurückblieb, begaben sich die übrigen 3 in die obern Gemächer und schlugen die Thüre mit furchtbarem Gepolter ein. Bald kam ein Räuber wieder herab, fragte sie, wo ihr Vater sein Geld habe, drohte ihr auf die Betheurung des Nichtwissens mit dem Erschlagen, gab ihr auch mit der Hacke eine auf den Hintern, und beauftragte den zur Wache zurückbleibenden, wenn sie sich rühre, sie zu erschiessen. Während nun dieser in die Stube hinein, der erstere wieder auf den Boden hinauf ging, machte Maria Plinninger sich von den Banden los, entwischte durch eine Seitenthüre, und weckte die Nachbarsleute auf, die durch einen blindlings abgefeuerten Schuß die Räuber versprengten. Sie verfolgten selbe wohl gegen den Wald hin, jedoch ohne Erfolg, außer daß sie ihnen zwei der entwendeten Päcke mit Leinwand und Kleidern abjagten.
>
> Während der Vergewaltigung der Maria Plinninger und Tödtung ihres Vaters, hatte sich die andere Tochter Magdalena, die auf den Hilfruf der Schwester ihrem Vater mit dem Licht zur Thüre hinaus geleuchtet hatte, vom Rauche des

Inzwischen konnten sie kaum noch etwas sehen, deshalb klopfte er sich die Brise Schnupftabak nicht auf den Handrücken, sondern in die linke Handfläche, nahm den Tabak mit Daumen und Zeigefinger und sog sich das Pulver in die Nasenlöcher.

Matzeder hatte derweil die Gegebenheiten sondiert. Außer dem alten Plinninger und den beiden Töchtern, einem Großvater oder alten Onkel war keiner auf dem Hof, also keiner, der den Räubern ernsthaft gefährlich werden konnte.

Da die Haustür jedoch nach der Stallarbeit hörbar verriegelt wurde, wollten auch die Räuber ihren Tag mit einer Nacht im Stroh beenden und dann in der Früh zuschlagen.

Es mag wohl ungefähr 6 Uhr morgens gewesen sein, als sich im Stroh die Räuber langsam aufrappelten. Klingsohr stieg hinab und kam nach einiger Zeit mit einem Eimer zurück, in den er etwas frische Milch gemolken hatte. Jeder bekam ein paar Schlucke. Reiter, der seit einiger Zeit durch eine Luke das Bauernhaus beobachtete, meldete schließlich aufgeregt:

„I seh a Liacht – iats rührt se wos!"

Die Männer packten ihre Habseligkeiten und stiegen in der Dunkelheit die Leiter vom Strohlager hinunter. In der Tenne standen sie noch zusammen und vernahmen die Anweisungen ihres Anführers Matzeder. Aus seinem Rucksack holte er einen schmutzigen kleinen Beutel heraus und öffnete ihn im schwachen Licht eines Kienspans, den er entzündet hatte.

„Da gehts her und schwirzts eich 's Gsicht!"

Die drei Männer streckten dem Anführer ihre Hände hin und ließen sich aus dem Beutel ein wenig Ruß hineinrieseln. Das tiefe Schwarz des Rauchs rieben sie sich in die Gesichter.

„Iatz gfallts mir, Burschn. Denkts dro, wos ma ausgmocht habn."

Ohne besondere Vorsicht gingen sie auf das Wohnhaus zu. Matzeder und Klingsohr standen direkt vor der Haustür und horchten gegen das Holz. Früher oder später würde sich der Schlüssel im Schloss herumdrehen und eine der Töchter käme vielleicht mit einem Korb heraus, um Holzscheite für den Herd hineinzutragen. Von der Stube drangen allerhand Geräusche und Stimmen nach draußen. Töpfe wurden bereitgestellt. Das gusseiserne Ofentürl quietschte, als es zum „Ankenten" auf- und kurze Zeit später wieder zugemacht wurde. Holzschuhe klapperten über die Stein- und Holzböden und endlich führten Schritte zur Haustür. Der Schlüssel drehte sich im Schloss und holte den Riegel aus dem Rahmen. Angespannt zog Klingsohr, der am nächsten stand, die Augenbrauen hoch. In seiner Rechten schimmerte matt der Lauf seiner Pistole, die er fast krampfhaft auf Kopfhöhe hielt. Mit einem kurzen hölzernen Schaben öffnete sich die Tür. Erst handbreit, wobei in der dunklen Flez noch nichts erkennbar war, dann ganz.

Die unbedachte Maria Plinninger, die mit einer Nachtschüssel vor die Tür treten wollte, blickte in die schwarzen Fratzen der Räuber und stieß einen schrillen Schreckensschrei aus. Die Schüssel zerschellte auf der Granitstufe. Klingsohr stieß die Frau grob zurück ins Haus, riss sie zu Boden und packte mit der linken Hand ihren Hals, drückte den hübschen Kopf auf den kalten Steinboden, während die drei anderen an ihnen vorbei nun ebenfalls in den dunklen, modrig riechenden Raum stürzten.
„Dei Maul halts glei, sonst dreh i dir d' Gurgl ab!"
Sie zappelte unter dem Gewicht des brutalen Mannes, roch seinen fauligen Atem, den er ihr spuckend ins Gesicht schrie. Ihr Magen verkrampfte sich und sie würgte gegen den harten Griff um ihren Schlund. Klingsohr steckte die Pistole in die rechte Joppentasche, richtete sich über seinem Opfer auf die Knie und löste seinen Würgegriff. Hustend erholte sich Maria von ihrem Brechreitz, bevor ihr der Kerl mit dem Handrücken ins Gesicht schlug, dass sie einen Moment das Bewusstsein verlor. Sie nahm gerade wahr, wie sie herumgerissen wurde und ein Strick schmerzhaft ihre Handgelenke verschnürte, als in der Stube nebenan ohrenbetäubend ein Schuss krachte. Das verzweifelte Stimmengewirr verstummte. Mit dem weißen Rauch huschte eine kleine Gestalt aus der Stube und ließ den beißenden Geruch des Schwarzpulvers in die Flez.
„Macht amoi oaner a Liacht!"
Eine kleine Lampe flackerte kurz darauf und tauchte die Stube wieder in einen gelblichen Schein. Noch immer waberte der Pulverrauch. Maria drehte den Kopf in die Richtung des Feuerscheins. Sie sah in das Gesicht ihres Vaters, der auf dem Boden lag und rasselnd die Luft in seine zerfetzten Lungenflügel sog. Aus seinem Mund quoll hellrotes Blut. An Arm und Weste packten zwei Männer den sterbenden Alten und schleiften ihn durch den Türstock. Neben der gebundenen Tochter ließen sie ihn grob mit dem Gesicht zum Boden einfach fallen.
„Da leg di her, du alter Lump!"
„Auf gehts – hinauf zu da Kammer! Brechts ois auf und nehmts mit, wos an Wert hat!", trieb Matzeder seine Kameraden an.
„Und du, Xav, bleibst da und passt auf des Weiberleit auf!"

„Halts eich doch ned lang mit derer Schlampn auf, daschlagn müss ma s' auf da Stell, dann gibts aa koane Zeign!"
Verwegen fragend blickte Reiter in die kalten Augen des Anführers. Matzeder allerdings erwiderte seinen in den Raum geworfenen Mordplan nicht – widersprach nicht! Er wendete sich ab.
Reiter spannte seine Faust, mit der er das Gewehr hielt, das soeben das Leben des Mathias Plinninger ausgelöscht hatte, und trat entschlossen an die Bauerstochter heran. Mit beiden Händen griff er fest zu, um mit dem Gewehrkolben ihren Schädel zu zertrümmern, als Klingsohr hinzusprang und Reiter entschlossen am Unterarm packte.
„Bist du narrisch? Des Derndl is für uns doch koa Gefahr. Bist denn du gar koa Mensch mehr, Reiter?"
„Reiter – halt ein!"
Klingsohr spürte das harte dicke Muskelpaket seines Gefährten. Reiter war wie ein stählernes Tier. Genau wie Matzeder unbändig stark und unberechenbar. In diesem Moment pochte Klingsohr selbst das Herz vor Angst und Anspannung bis zum Hals.
Mordswütend schnaubte Franz Reiter, wollte sich erst losreißen, dann wurde er doch ruhiger und gab nach, zog eine Grimasse. Hatte wieder sein nervöses Augenzwicken.
Xaver Harlander stolperte aufgeregt aus der Stube:
„Da war doch no oane! Wo isn de hin, habts ihr de gsehn?"
„Auße is ned, de muaß über d' Stiegn aufe sei, nacher finds es scho! Xav, bleib iatz du da herunt und pass auf de oane auf!"
Die Räuber polterten mit ihren schweren Stiefeln die Holztreppe hinauf in den ersten Stock, wo die Kammern der Hausbewohner waren. Unter großem Tumult krachten die Bauernkästen und Truhen. Alles sollte nicht nur durchsucht, sondern kurz und klein geschlagen werden.
Harlander gab der Bauerstochter, die sich weinend am Boden liegend abgewandt hatte, einen Tritt in den Hintern und drohte:
„Rühr di ja ned von der Stell!"
Aufgeregt hastete er die wenigen Schritte zur Treppe, spähte nach oben, dann trat er wieder an Maria heran, kniete sich neben sie, packte sie am Haarschopf und riss ihren Kopf zu sich herum.

„Wos bist nacher du für a Täuberl? Lass di anschaun!"
Er schwang sich kniend über den jungen Frauenkörper und setzte sich auf ihren Unterleib.
Maria wand sich und streckte ihm dabei die Brust entgegen.
„Bäum di no auf, du scharfs Luada. Hast eh no koan Prügl unterm Rock gspürt, oder? Du kimmst mir grad recht, du Matz!"
Der Bursche schlug dem heulenden Mädchen ins Gesicht, packte grob mit beiden Händen ihr Hemd und riss es auf. Dann grub er sich unter ihre Röcke. Noch einmal und noch stärker schlug er sie, dann fingerte er zitternd an seiner Hose und warf sich wieder auf sie.
Maria hatte aufgehört sich zu wehren. Blonde Haarsträhnen klebten ihr im tränen- und blutverschmierten Gesicht. Sie biss die Zähne zusammen und als sie ihren Kopf zur Seite fallen ließ, blickte sie in die toten aufgerissenen Augen ihres Vaters. Er hatte sie nicht beschützen können. Trotzdem er selbst tot in seinem Blut lag, schien die Tochter ihn anklagen zu wollen. Er war doch verantwortlich. Ein vorwurfsvoller Ausdruck schien in ihrem Gesicht zu liegen, bis sich plötzlich erneut ihr Magen zusammenzog und sie in die Blutlache neben sich kotzte.
Harlander löste sich keuchend von seinem Opfer, drehte sich um und zog sich den Gürtel wieder fest.
Er drehte den Kopf über die Schulter und grinste sie an.
„Kommt drauf an", hauchte er quälend, „.... wenn die da obn no lang brauchn, dann tu i dir vielleicht nomoi was Guads!"
Harlander schritt auf eine weitere Tür zu und steckte seinen Kopf in die Speisekammer. Das kam ihm gerade recht. Mit einem freudigen „Sauba!" verschwand er darin, um sich ein paar Köstlichkeiten in den Magen zu schlagen.
Maria erkannte ihre Chance. Sie zerrte am Strick und versuchte die Fessel abzustreifen – es gelang ihr. Ohne zu zögern sprang sie auf und stürzte barfuß zur Haustür hinaus – zuerst lautlos, dann als sie kaum hundert Meter geschafft hatte, schrie sie laut um Hilfe.
Die bezeugten Fakten dieser brutalen Mordgeschichte stammen aus dem Geständnis des Augustin Klingsohr, das er noch kurz vor seinem Tode in der Untersuchungshaft abgelegt hat.

Die Matzöderbande raubte Geld, etwas Schmuck und Kleider. Mathias Plinninger war zum Zeitpunkt des Überfalls 65 Jahre alt. Als die Räuber in sein Haus eindrangen, leistete er heftige Gegenwehr und riss einen der Männer zu Boden. Nachdem ihn ein Gewehrkolben niederschlug, rappelte er sich noch einmal auf, bekam einen Spanschnitzer zu fassen und hielt einen Moment seine Widersacher in Schach. Dann krachte der Schuss.
Maria Plinninger erreichte den Nachbarshof und fand dort Hilfe. Der Nachbarsbauer eilte mit einer Büchse bewaffnet, seinen drei Söhnen und dem Hofhund zum Anwesen der Plinningers. Mit einem blindlings abgegebenen Warnschuss erwirkte er die Flucht der Matzöder Räuber, die in Richtung des nahen Waldes liefen und dabei zwei Bündel mit gestohlenem Leinzeug und Gewand verloren. Matzeder feuerte eine Kugel auf den nachhetzenden Hund, den er zwar nicht traf, aber doch erschrecken und vertreiben konnte.
Magdalena Plinninger war mit ihrem Vater in der Stube, kauerte aber voller Angst neben dem Herd. Als der Schuss fiel und daraufhin der Raum voll weißem Pulverrauch stand, griff sie nach der Lampe auf dem Tisch und schleuderte sie gegen die Räuber. In dem sekundenlangen Durcheinander stürzte sie aus der Tür hinaus in die Flez, wo Klingsohr ihrer Schwester die Hände verknotete. Sie wagte nicht, an dem Räuber vorbei zur Haustür zu laufen, aber sie schlüpfte in die Speisekammer und von dort in das durch eine Klapptüre zugängige Kellerloch, wo die Kartoffeln gelagert waren. Als Harlander später in den Raum eindrang und in den Vorräten stöberte, blieb das Versteck unentdeckt.
Xaver Harlander wurde 1852 vom Schwurgericht Straubing zum Tode verurteilt. Eine original überlieferte Gerichtsaussage über den Delinquenten Harlander lautet:
„Das Äußere des Angeklagten Harlander verrät einen tückischen, boshaften und zu jeder Schlechtigkeit fähigen Charakter!"

Der Nachtwächter

Zur Zeit der Matzeder Räuber drehten noch Nachwächter in den Ortschaften ihre Runden. Ihr Beruf, den es schon im Mittelalter gab, ging wahrscheinlich aus dem des Turmwächters hervor. Ausgestattet mit Laterne und Horn durchstreiften die Nachtwächter Stadt oder Dorf mit wachem Auge vor drohender Feuersgefahr. Mit der Hellebarde, einer Art Lanze bewaffnet, sorgten sie für Ruhe und Ordnung in der Nacht.

Der Nachtwächter nahm seinen Dienst sehr ernst und ging von 22.00 Uhr bis Mitternacht die Dorfstraßen rufend oder singend auf und ab.

Ein Beispiel für den Nachtruf:

„Meine Herrn und Fraun laßt euch sagen, der Hammer
auf der Uhr hat 10 geschlagen. Wir loben Gott den Herrn
und unsere liebe Frau."

Er hatte seinen Hut weit ins Gesicht gezogen und schützte sich bei schlechtem Wetter mit einem Mantel. Dass Nachtwächter in den Dörfern und Märkten vorgeschrieben waren, ist aus einem Amtsblatt des königlichen Landgerichtes Landau vom 2. August 1854 zu ersehen. Dort heißt es:

„Nachdem durch mehrere Anzeigen zur Kenntnis gekommen ist, dass in den meisten Dorfschaften, deren Häuserzahl die Ziffer zehn erreicht die angeordneten Nachtwächter gänzlich unterlassen und die betreffenden Wächter nicht ausgemittelt werden können, weil die Vorstände und Dorfführer in den Ortschaften, wo keine eigenen Wächter aufgestellt sind, die Anordnung der Nachtwächter gänzlich unterlassen haben, ergeht hiermit an alle Gemeindevorstände bei Vermeidung strenger Strafeinschreitung gegen sie selbst der Auftrag, sämtliche Sicherheits- und speziell die Nachtwachen, da wo sie unterlassen wurden, sogleich anzuordnen."

Es wurde unter anderem vermerkt:

„Die hohen Preise der Lebensmittel und die immer größer werdende Scheu vor Arbeitsverdienst sowie auch die im Winter an sich schon mangelnde Arbeitsgelegenheit für Gewerbsklassen (Zimmerleute und Mauerer) lassen voraussehen, dass die Angriffe fremden Eigentums und besonders Viktualiendiebstähle nicht ausbleiben werden. Die Gemeindeverwaltungen werden daher beauftragt, ihre Gemeindeangehörigen aufzumuntern, sich sowohl durch feste Versicherung ihrer Wohnungen, ihrer Städel, Ställe und Getreidekästen vor Schäden zu bewahren und besonders zur Zeit des Dreschens ihre Wohnungen nicht offen und ohne kräftige Aufsicht zu lassen."

Auch am 6. Juli 1856 erwähnt das Amtsgericht die Nachtwache und die Sicherheit des Eigentums in einem Amtsblatt:

Vor allem während der warmen Jahreszeit könne sich das Gesindel leichter im Freien aufhalten. Auch würden die Wohnhäuser weniger überwacht sein, da die Leute auf den Feldern und Wiesen arbeiten. Es müssen demnach die Vorschriften wegen der Tag- und Nachtwachen eingeschärft werden.

Noch ein Nachtruf:

Hört ihr Leut und lasst euch sagen,
die Uhr hat gerade zwölf geschlagen.
Zwölf das ist das Ziel der Zeit,
Mensch bedenk die Ewigkeit.

Raub bei Dreiprechting

Ein trüber, kalter Januartag des Jahres 1849. Es dämmerte schon. Drei Gestalten, eher wie Herumtreiber aussehend, marschierten auf dem engen Feldweg geradewegs auf die am Waldrand liegende Winkelherberge in der Nähe von Dreiprechting zu. Ein ungutes Wetter bahnte sich an, erst nässelte es nur und kurze Zeit später fielen die Wolken ganz herunter. Die drei eilten im Laufschritt der Ortschaft zu und erreichten endlich das Wirtshaus. Durchnässt und dampfend betraten sie die Gaststube.

In der kleinen verrauchten Winkelherberge zum Hingerl Sepp saßen nur drei Bauern und der Wirt am Stammtisch und musterten die Fremden mit vorsichtigem Argwohn. Selten verirrten sich zu so später Stunde Fremde hierher. Den Stammtischbrüdern wird sicher nicht ganz wohl dabei gewesen sein, in solcher Gesellschaft ihr Dunkelbier zu trinken. Der Wirt war froh, nicht allein mit diesen unheimlich wirkenden Gesellen in der Gaststube zu sein, wenngleich er sich auf die drei Bauern am Stammtisch im Ernstfall nicht unbedingt verlassen hätte.

Die drei Fremden machten es sich mittlerweile am hinteren Ecktisch bequem und Matzeder schrie dem Wirt zu:

„He Wirt – wia lang solln wir no zuawartn, bis du uns endlich bedienst? San dir wohl ned guad gnug, weil wir koane Protzbauern sand?"

Der Wirt sprang auf, dass sein Stuhl nach hinten umkippte und eilte ohne sich noch darum zu kümmern an den Tisch der unliebsamen Gäste.

„Drei Humpen Bier und a Flaschl Schnaps, aber an guadn, ned des Gwasch, wosd de Häusler vorsetzt!", bestellte Matzeder grantig, ohne dass er auf eine Frage des Wirts gewartet hatte.

Die drei Stammtischler wagten kaum noch untereinander zu tuscheln. Sie ahnten schnell, dass es sich bei den Fremden um vermaledeite Spitzbuben handeln könnte.

Wie recht sie hatten. Mit Matzeder, Klingsohr und Harlander war nicht zu spaßen! Klingsohr wusste, wo was zu holen war – er kundschaftete die Räuberziele aus. Matzeder und Harlander waren schnell mit Pistole und Messer zur Hand. Um an die erhoffte Beute zu kommen, war ihnen jedes Mittel recht. Gierig tranken sie das frische Bier. Der Wirt beeilte sich, die Steinflasche mit Obstbrand und Schnapsgläser zu servieren.

„Taugt der Fusl scho was?", fauchte ihn Harlander an, doch er erwartete keine Antwort, sondern griff sich mit einer zufriedenen Grimasse den Schnaps und schenkte ein.

Nach einer guten Stunde, die den Stammtischlern wohl sehr lange ward, ermahnte Klingsohr seine Kumpanen:

„De Nacht bringt noch koa Ruah – wir ham was zu erledigen. Trinkts eich zamm!"

Zur gleichen Zeit saßen eine halbe Stunde Fußmarsch entfernt, auf dem Ederhof in Dreiprechting, die Bäuerin Eva Mair, ihre Tochter Magdalena, die Hausmagd und der Knecht in der Wohnstube bei der Abendsuppe. Ihr Mann war vor einem halben Jahr gestorben und so musste sich die Bäuerin nun so gut, wie es ging, durchfretten. Zum Glück waren die Dienstboten ehrliche Leute und schon viele Jahre im Dienst. Sie kannten ihre Arbeit auch ohne tägliche Weisungen.

„Bäurin, unser Heiß verliert s Huafeisn. Wenns dir recht is, dann geh i glei morgn damit zum Schmied", besprach Sepp die anstehende Arbeit für den nächsten Tag.

„Wenns denn sein muaß, dann gehst halt."

Die Bäuerin konnte sich auf den Sachverstand ihres Knechts verlassen und stimmte darum ohne Widerspruch dem Ansinnen zu. Eva Mair wusste sich mit guten und treuen Leuten auf dem Hof in dieser schweren Zeit gut unterstützt.

„So jetzt tummelts eich a bisserl, dass ma ins Bett kemman, morgn miass ma wieder friah aussa!"

Ganz anderes Ansinnen hatten die drei unheimlichen Wirtshaussitzer beim Hingerl Sepp, wo der Klingsohr bereits mehrfach seine Begleiter zum Gehen ermahnt hatte. Endlich erhoben sie sich murrend und vom Alkohol betäubt von den Stühlen und wankten hinaus in die Dunkelheit.

Sichtlich erleichtert setzte sich der Wirt zu seinen Stammtischlern und stammelte mit trockenem Mund:

„Bei denen drei reit der Deife persönlich sei grundschlechte Seel!"

Die Gäste bestätigten ebenso betreten dreinschauend mit einem ängstlichen Nicken.

„Zum Deife mit dera Bruad!", stimmte einer der Bauern mit ein. „Friaher wärn solche aufs Radl pflecht worn!", meinte ein zweiter und der dritte glaubte gar, den Räuber Matzeder unter den Taugenichtsen erkannt zu haben, und „wie höllsakrisch der sei Messer beim Griff hat, des weiß doch a jeder im ganzen Gäu!"

Trotz der schweren Füße und des schlechten, nasskalten Wetters kam der Ederhof bald in Sichtweite und geradewegs steuerten sie auf das kleine, vom Hof etwas abseits gelegene Heuschüpfl zu, um in trockener Umgebung das von Klingsohr geplante noch mal zu besprechen. Klingsohr erklärte seinen Kumpanen, dass der Überfall ohne Risiko sei. Der Bauer war vor Kurzem verstorben und seither waren nur noch die Bäuerin, ihre Tochter, die Magd und als einziger Mann der Knecht auf dem Hof.

„Den Millsuppnzutzler daschlag i aufderst!", drohte Matzeder.

„Nein, um Gottes Willn!" flehte Klingsohr. Koa Bluad! Wir brauchn bloß des Wertsach, sonst habn wir morgn de Greakittlerten vom ganzn Gäu aufm Hals!"

„Is scho recht – beruhig di! Wird scho ned notwendig werdn."

„Dann pack mas endlich", mischte sich nun auch Harlander ein, „dass a End hat mit dem Dahinwartn und unnützn Gefasel."

Als die Räuber auf den Hof zuschlichen, nahm der Hofhund Witterung auf und bellte und riss an der Kette. Die Männer waren etwas verunsichert und verschwanden vorerst im Rossstall.

Die Hausleut in der Wohnstube hatten den Lärm des Hundes natürlich ebenso sofort gehört. Vom Fenster aus konnte der Knecht nichts Verdächtiges sehen, so wollte er hinaus und nachschauen. Vielleicht hatte sich ein Hühnerdieb, ein Fuchs oder Marder, eingeschlichen. Ganz geheuer war ihm die Situation wohl nicht, denn bevor er die Stube verließ, bewaffnete er sich mit dem Küchenmesser, das auf dem Tisch lag. Er konnte den Hund nicht beruhigen und sah, wie dieser gegen den Rossstall fletschte.

Als er das Tor knarrend geöffnet hatte und in den finsteren Stall eingetreten war, verspürte er sogleich einen dumpfen Schlag auf den Hinterkopf. Er wurde niedergerissen und eine dunkle Gestalt stürzte sich auf ihn. Matzeder kniete auf dem hilflosen Knecht und schlug erbarmungslos auf ihn ein.

„Tu keinen Rührer mehr, sonst gehörst der Katz!"

Klingsohr und Harlander griffen ein und zogen den wie besessen zuschlagenden Matzeder von seinem wehrlosen Opfer. Mit gemeinsamen Kräften gelang es, gegen die Bärenkräfte des Räubers, Schlimmeres zu verhindern.

„Bist narrisch wordn, Franz!", schrie ihn Klingsohr an.

„I hab gsagt, koane Totn, mir san Raiber, aber koane Mörder!"

„Is scho guad", fauchte Matzeder zurück, „i hab heut a höllsakrische Wuat im Bauch. Woaß a ned warum."

Mittlerweile war der Knecht wieder zu sich gekommen. Als die Räuber vorne aus dem Stalltor spähten, nutzte er die Gelegenheit, um durch die hintere Stalltür unbemerkt in Richtung Wohnhaus zu entkommen.

„Sakra, der Hundsfotz ist abghaut!", schrie plötzlich Harlander, „der werd ins Haus umiglaufa sei."

„Derschießn oder erschlagn hätt i den Lumpen solln!", schrie Matzeder.

„Los, jetzt raubn mas aus, de Bruad!", schrie Klingsohr seinen Kumpanen zu, „jetzt gehn ma de Sach rabiat o, auf gehts zum Haus, Manner!"

Im Haus hatte man einen Hilferuf gehört, sich aber nicht nach draußen getraut und Hilfe holen war in der Einöde unmöglich. Die drei Frauen drängten sich ums Fenster, konnten aber zuerst nicht sehen, was sich da draußen abspielte.

„Muadda, schau, da läuft der Sepp aufs Haus zua! Dem miass ma d' Tür schnell aufmocha."

„Ja Madl, schnell mach eam d' Tür auf und sperr dann aber glei wieder zua!"

Der Knecht stürzte mit einer bluttropfenden Kopfwunde in den Hausgang. Schnell drehte Leni den Schlüssel im Schloss und versperrte die Haustür. Die Bäuerin stand ängstlich mit der Magd an der Treppe nach oben, bereit, in die oberen Kammern zu flüchten und sich zu verstecken. Schon machten sich draußen die Räuber an der Türe zu schaffen. Splitterndes Holz war zu hören und es konnte nicht mehr lange dauern, bis die Unholde ins Haus eindringen würden. Die Hausbewohner flüchteten hinauf ins obere Stockwerk. Krachend gab die Haustüre nach und die drei Räuber polterten in die Flez, durchsuchten die untere Stube, die Speis und die Kuchl. Zitternd vor Angst hörten die Versteckten schwere Stiefel auf der Treppe nach oben eilen. Harlander riss die Türe zu einer Kammer auf, in der die Bäuerin und ihre Tochter in einer Ecke kauerten. Die beiden schrien mit Todesangst um Erbarmen.

„Los ihr zwoa, verrats mir sofort, wo eier Geld versteckt ist!"

„Mir habn koa Geld im Haus!", erwiderte die Bäuerin weinend.

„Auf mit eich, mir gehn obe, der Matzeder wird euer Schandmaul scho zum Redn bringa!"

In der gegenüberliegenden Kammer traktierte Matzeder auf brutalste Weise mit dem Gewehrschaft den Knecht und die Dirn, welche sich dort versteckt hatten. Matzeder richtete den Vorderlader auf die beiden und schrie:

„Zum Deife mit eich, i schieß eich zamm!"

„Hab nix vom Derschießn gsagt!", protestierte Klingsohr, der im Türrahmen stand.

Wieder war es Klingsohr, der einschritt und den Matzeder anschrie: „Tot nutzn uns de nix, mir brauchan koa Leich, mir brauchma a Geld!"
Währenddessen verfrachtete Harlander die Bäuerin und deren Tochter nach unten und zwang sie in der Stube, sich mit dem Gesicht nach unten auf den Boden zu legen.
„Wer se rührt, is tot!", schüchterte Harlander die beiden ein.
Klingsohr und Matzeder trieben die Magd und den Knecht treppenabwärts vor sich her und zwangen beide, sich vor dem Haus unter dem ununterbrochenen Gekläffe des Hofhundes auf den Gredboden zu legen und sich ja nicht von der Stelle zu rühren.
„Sonst seits noch heit beim Deife!", so Matzeder entschlossen.
Während Harlander bereits im oberen Stockwerk die Schränke in den Kammern durchsuchte, bearbeiteten Matzeder und Klingsohr die Bäuerin und ihre Tochter in der Wohnstube, doch endlich das Geldversteck preiszugeben, was aber ohne Ergebnis blieb.
Erst als Klingsohr zu Matzeder meinte: „Die verstocktn Weiber miass ma unterm Rock kitzln, dann singens scho!"
„Hörts auf, es Lumpn, i sag eich, wo noch a paar Gulden versteckt san! Es is aber net viel", verriet endlich Eva Mair.
Mühsam erhob sich die Bauersfrau und hinkte zum Herrgottswinkel, nahm das seitliche Kruzifix vom Nagel und zog ein paar Papierscheine vom Holz. Klingsohr riss sie ihr zufrieden grinsend aus der Hand.
„Zum Deife mit der ganzn Bagasch," schrie Harlander von draußen, „de Zwoa sand ausgflogn – de holn sicher d' Manner vom Dorf! Mir miassn uns schleunigst ausm Staub mocha, sonst sann ma gliefert."
Matzeder und Klingsohr sperrten die beiden Weibsbilder in der Speisekammer ein und rafften eiligst zusammen, was sie tragen konnten. Mit ein paar Bündeln aus dem Hausrat verschwanden sie im nahe gelegenen Wald.

Groß war der Aufruhr am nächsten Tag im Dorf und der Umgebung um Dreiprechting. Wut und Entsetzen breiteten sich bei den Bürgern aus gegenüber den brutalen Verbrechern. Die Stammtischbrüder aus der Winkelherberge ergötzten sich vor den Dorfbewohnern: Hätte man tags zuvor vom Vorhaben der Halunken gewusst, wären diese bestimmt nicht bis zum Hof der Mairbäuerin gekommen. Man hätte sie gemeinsam mit dem Wirt überwältigt und unverzüglich der Gendarmerie ausgeliefert.

Steckbrief

Georg Weger

geboren 1812, verheiratet,
Maurer aus Bachleiten
bei Pleiskirchen

Der „Flenkerl" von Bachleiten war äußerst schlecht beleumundet. Er saß zweimal wegen Raubes und ein weiteres Mal wegen Wilderei im Gefängnis.

Beim Überfall auf die Bauern im Schwalbenberger Holz am 27. März 1849 erkannte ihn der überlebende Altersberger aus Nonnberg. Bei einer Hausdurchsuchung kamen die Uhr des ermordeten Bichlmaier sowie der Beuteanteil des gestohlenen Geldes zum Vorschein.

Als Beweismittel wurden auch handschriftliche Notizzettel Wegers verwendet, die er am Tatort verloren hatte.

In der gemeinsamen Gerichtsverhandlung wurde er ebenso wie Matzeder und Reiter zum Tode verurteilt.

Er wurde jedoch durch König Maximilian begnadigt und seine Strafe in lebenslange Kettenhaft gewandelt.

Da Flenkerl

Georg Weger oder Flenkerl, wie er auch genannt wurde, kam im Jahre 1816 in Bachleiten bei Pleiskirchen zur Welt und wuchs mit neun Geschwistern in ärmlichen, aber durchaus geordneten Verhältnissen auf. Der Vater war Kleinhäusler, er arbeitete als Rechenmacher und in der Erntezeit als Tagelöhner bei den Bauern, um den Lebensunterhalt für seine große Familie zu verdienen. Die Mutter sorgte für die Kinderschar und kümmerte sich nebenbei um die Kleintiere, die zur bescheidenen Hofstelle gehörten. Sie hielten ein paar Ziegen, Hasen, Hühner und Enten. Da sie kaum Grund besaßen, bezogen sie Heu und Einstreu von den Bauern, bei denen Weger als Tagelöhner beschäftigt war. Die Wegers waren im Dorf trotz ihrer ärmlichen Verhältnisse als gute Christenmenschen und fleißige Arbeiter geachtet, da sie weder betteln gehen mussten, noch der Gemeindekasse zur Last fielen. Mit 14 Jahren durfte der jüngste Sohn Georg sogar eine Maurerlehre beginnen, die er mit großem Eifer antrat. Obwohl er in einem anständigen Haus aufwuchs, war er gewissen Verlockungen nie abgeneigt. Sein schwacher Charakter und sein mangelndes Durchsetzungsvermögen taten zusätzlich das ihre, um ihn im Laufe der Zeit auf die schiefe Bahn zu führen. Immer wieder war er in Raufereien verwickelt und auch kleinerer Diebstähle wurde er verdächtigt, ohne dass man ihm diese hätte nachweisen können. Da Georgs Lehrmeister an ihm festhielt, konnte er die Lehre abschließen und auch einige Jahre als Geselle bei seinem alten Meister arbeiten. Nebenbei hatte er von seinem Vater das Rechenmachen gelernt. Obwohl Georg ein guter Arbeiter war, fehlte es ihm an der erforderlichen Selbstständigkeit. Es musste ihm immer gesagt werden, was zu tun war. Schon bald fiel dem Meister auf, dass, wann immer sich eine Gelegenheit bot, Georg dem Alkohol zugetan war und er soff, bis er sich nicht mehr unter Kontrolle hatte. Nachdem sein Vater verstorben war, übernahm Georg die Rechenmacherei, so konnte er im Sommer als Maurer und im Winter als Rechenmacher arbeiten. Das Schicksal meinte es gut mit dem jungen Weger, als er im Jahre 1841 dem Kleinhäusler Hans Hinterleitner bei Reparaturarbeiten in seiner bescheidenen Hütte zur Hand ging und dabei dessen Tochter kennen und lieben lernte. Schon nach kurzer Zeit wurde im kleinen Kreis Hochzeit gefeiert und für Georg schien die Welt in Ordnung. Er hatte genug Arbeit, seine Frau erwartete das erste Kind und er fühlte zum ersten Mal so etwas wie ein Selbstwertgefühl, das ihn auf einer Wolke des Glücks schweben ließ. Doch das junge Glück währte nicht lange. Die Familie wohnte im Hause des oft murrenden Schwiegervaters. Mit jedem Jahr kam ein Kind hinzu, deshalb wurde es schwieriger, die vielen Mäuler zu stopfen. Die Maureraufträge gingen zurück und so sah man ihn immer öfter in der Dorfwirtschaft sitzen, was dem Geldmangel wiederum förderlich war. Er befand sich in einem Teufelskreis. Einerseits tat er alles Mögliche, um seine Familie zu ernähren, andererseits verfiel er immer mehr der Alkoholsucht, die das daheim dringend benötigte Geld verschlang.

Sein schwacher Charakter, die Armut und der Alkohol brachten Weger durch Wildern und sonstige Delikte auf die schiefe Bahn – und für Jahre ins Arbeitshaus nach München, wo er Franz Reiter kennenlernte und damit das Unheil seinen Lauf nahm.

Die Dorfgemeinde bestimmte, wer heiraten durfte

Wen wundert's, dass es zur Zeit der Matzöder Räuber trotz harter Verurteilung durch die Obrigkeit und die Dorfgemeinschaft so viele ledige Kinder gab, da es den Dienstboten meist aus finanziellen Gründen nicht möglich war zu heiraten. Man liest in den Geschichtsbüchern auch immer nur von großen Bauernhochzeiten, aber nie von der Hochzeit eines Dienstbotenpaares.

Die Dienstboten oder sonstige arme Leute konnten über ihre Verehelichung nicht selbst bestimmen, denn die Gemeinde entschied über die Heiratsfähigkeit eines Paares. Seine moralische Tauglichkeit war wichtig, seine finanziellen Verhältnisse schienen noch wichtiger. Arme Leute hatten kaum Aussicht, vor den Altar zu kommen, da man sich vor neuen Armenlasten schützen wollte. In besonderen Fällen gab man aber auch armen Brautleuten die Heiratsbewilligung. Die entgültige Entscheidung traf das Bezirksamt – allerdings aufgrund des Leumundszeugnisses der Gemeinde.

So wurde 1867 die Zustimmung zur Heirat von Georg Wintersberger und seiner Braut Anna Pritzl erteilt, denn beide erfreuen sich eines vorzüglichen sittlichen Betragens und waren als arbeitsame häusliche Leute bekannt. Die Braut gab alle ihre sauer erworbenen Kreuzer zur Unterstützung und Verpflegung ihres Stiefvaters, der seit drei Jahren auf dem Krankenbett lag, und legte Eigenschaften an den Tag, die zu den glücklichsten Hoffnungen berechtigten. Der Bräutigam brachte ihr zwar bloß 300 Gulden mit, man hoffte aber doch, dass beide zur gnädigen Zustimmung begutachtet würden, da sie auch am 12. Oktober, also am Vermählungstag seiner Majestät, des allergnädigsten Königs Max, ihre Trauung feiern wollten. Eben wegen dieser freudigen Veranlassung gab auch die nachsichtige Dorfgemeindeverwaltung und Armenpflege diesem armen Brautpaar die Zustimmung zur Ansässigmachung und Verehelichung. Die Dorf-

gemeinde war höchst erfreut, ein Brautpaar vorführen zu können, das sich durch Sittlichkeit, Arbeitsamkeit, Häuslichkeit und schöne Körpergestalt und Größe auszeichnete und wirklich wert war, auch am Vermählungstag des geliebten Königs seine Trauung zu zelebrieren.

In einem anderen Heiratsfall wurde von der Braut allerdings gesagt, dass sie bisher wenig Sittlichkeit an den Tag legte, da sie schon Mutter von zwei Kindern war und besonders in letzter Zeit einen unsittlichen Lebenswandel mit ihrem Verlobten führte. Vom Bräutigam wurde gesagt, dass er zwar viele Kenntnisse und Fähigkeiten besaß, sich auch vieler Arbeit erfreute, jedoch sich keinen Kreuzer ersparte, da er seine wöchentliche Einnahme an Sonn- und Feiertagen immer wieder durchbrachte. Außerdem war er schon Vater von zwei Kindern und führte in letzter Zeit einen unsittlichen verbotenen Lebenswandel mit seiner Verlobten. Aus diesen Gründen wurde eine Heiratsgenehmigung verweigert.

Heiratsvertrag von 1827

Zur Ehe versprechen sich Johann Aßbeck, lediger Besitzer einer 1/6 Sölde zu Haingersdorf, und Anna Maria Härtl, ledige Weberstochter von Altersberg unter Beistandschaft ihres Stiefvaters Josef Schustereder, und schließen zur Bestreitung der ehelichen Lasten folgenden Vertrag ab, welcher nach vollzogener kirchlicher Trauung in Wirkung treten soll.

1. Die Hochzeiterin bringt zum Heiratsgut in die Ehe 250 Gulden bar und auf 30 Gulden angeschlagene Naturalausfertigung bestehend in einem Bette, Bettstätte und Kasten.

2. Der Hochzeiter bestimmt als Kinderlage die unterm 21. Jänner 1807 um 450 Gulden an sich gebrachte, zum freyherrl. Von-Schleich-Benefizium mit veranbereiteter Freystiftsgerechtigkeit grundbare 1/6 Sölde samt Zubehör.

3. Stirbt der Hochzeiter ohne eheliche oder adoptierte Kinder, so hat das überlebende Eheweib den nächsten Verwandten des Gestorbenen als Rückfallgut binnen eines Jahres oder, wenn sie sich früher wieder verehelichen sollte, an ihrem Hochzeitstage hinauszubezahlen 250 Gulden.

4. Stirbt das Eheweib vor dem Ehemann, so hat dieser auf oben eintretenden Fall als Rückfallgut hinauszubezahlen 100 Gulden. In beiden Fällen wird der überlebende Eheteil der vollkommene Eigentümer des ganzen Vermögens.

5. Sind nach dem Tode des einen oder anderen Eheteils Kinder vorhanden, so bleibt der überlebende Eheteil im Besitz des Anwesens, hat aber das Vater- oder Muttergut mit der Hälfte des reinen Vermögens binnen fünf Monaten an diese auszuzahlen.

Königliches Landgericht Landau

Verhängnisvoller Heimweg

„No, jetz dau ned gar a so o!", bremste der Altenberger seinen Begleiter, den Bichlmaier Lorenz, der wegen seines ersten richtigen Viehhandels recht aufgedreht war. An diesem 27. März 1849 war Rossmarkt in Pleiskirchen. Der junge Lorenz hatte heute Morgen in Begleitung des befreundeten Bauern eine dreijährige Stute von Wollersdorf herabgeführt und nicht ungeschickt verhandelt, letztlich den Heiter für 160 Gulden verkauft. Ein guter Preis war das sicher, zumindest nicht unter Wert. Jetzt ließen sich die beiden im Wirtshaus eine deftige Brotzeit schmecken.

An einem kleineren Tisch, den der Wirt noch zusätzlich hereingestellt hatte, saßen drei Burschen, die interessiert die Ohren spitzten. Grad für solche Geschichten, wer erfolgreich verkauft hatte und ein Sackl Geld heimtragen würde, interessierten sie sich besonders.

Das Geld aus dem Rosshandel sollte ihre Beute sein. Weger kannte den Heimweg der zwei Bauern nach Nonnberg und Wollersdorf genau. Sie steckten die Köpfe zusammen und besprachen ihren grausigen Plan.

Ein paar Hundert Meter vom Wirtshaus entfernt lag das Schwalbenberger Holz, wo sich die Feldstraße durchschlängelte. Dies war ein idealer Ort, um sich hinter den Bäumen zu verbergen und sich dann auf die unbedachten Heimkehrer zu stürzen. Der Mondschein ließ den Waldweg einigermaßen erkennen.

Um viertel vor eins, die Räuber hatten sich zu dieser Stunde nicht mehr viel zu sagen, hörten sie plötzlich Stimmen und tatsächlich, auf der Straße erkannten sie zwei Gestalten daherwandern. Sofort war die Konzentration wieder übergroß. Weger horchte nach den Stimmen und flüsterte dann seinen Kumpanen zu:

„Des sands!"

Vereinbart war, die beiden erst vorbeigehen zu lassen, damit man sich auch wirklich über die Identität sicher wäre und man sie von hinten besser angreifen könne.

„Halt!", schrie der Reiter aus nur wenigen Metern Entfernung und sprang auf den Weg.
Erschrocken drehte sich der Bichlmaier um und in diesem Moment knallte die Flinte, dass es nur so widerhallte. Weger, der den Schuss abgegeben hatte, stand in einer weißen Rauchwolke und zitterte am ganzen Körper. Er war in dieser Anspannung selbst so gefangen, dass er sich nicht mehr bewegen konnte.
Geistesgegenwärtig fuhr jetzt der Altenberger herum und wollte davonlaufen – da knallte es erneut. Eine Kugel aus der Pistole traf ihn in den Rücken. Ein kurzer Aufschrei über den stechenden Schmerz, aber dann lief er weiter und sprang rechts vom Weg ins Holz. Das Herz pochte ihm zum Zerspringen und nach nur wenigen Metern stolperte er im Dornengestrüpp. Grad wie er sich wieder aufrichten konnte, hatte ihn einer der Räuber erreicht und schlug ihn mit einem Holzprügel nieder. Er kniete sich auf die Brust seines Opfers und schrie: „Gibs Geld her!"

Jagdvorderlader von Franz Matzeder

Der Vorderlader wurde 2006 bei abrissarbeiten des alten Heustadels in Matzöd gefunden

Der Altenberger flehte um sein Leben, während ihm sein Geldgurt vom Leib geschnitten wurde.
„Tot musst werdn, da helft nix!", entgegnete kalt der Räuber.
Erst jetzt begann eine unbeschreibliche Tortur. Der Peiniger stach mit einem Messer immer und immer wieder zu und traf sein Opfer am

Kopf, in die Brust und am linken Oberarm. Doch die Verletzungen waren noch nicht tödlich. Das Wimmern und Jammern hörte nicht auf. Da schrie ein anderer vom Weg her:
„Schneid eam die Gurgl ab, dem Hund!"
Der Altenberger zog den Kopf ein, drückte das Kinn auf den Hals und so schnitt ihm die Klinge über das Kinn. Endlich verlor er das Bewusstsein. Der Räuber war nun im Glauben, dass er den armen Bauern umgebracht hätte und ließ von ihm ab.
Am 28. März um ungefähr fünf Uhr morgens fand der Bauer von Schwalbenberg den Altenberger auf dem Forstweg liegen. Der Mann lebte noch und kam kurz zu sich. Für Lorenz Bichlmaier, der keine 100 Meter entfernt auf dem mit eisigem Reif überzogenen Waldboden lag, gab es keine Rettung mehr.
Mit einer Pferdekutsche brachte der Schwalbenberger den Schwerverletzten auf seinen Hof nach Nonnberg. Viele Gebetsstunden und die medizinische Versorgung durch einen Arzt, den man extra aus Eggenfelden herholte, konnten das Leben des braven Bauern Altenberger retten. Erst nach mehreren Wochen war er in der Lage, vom Krankenbett aufzustehen. Das erlittene Trauma haftete ihm viele Jahre an. Allerdings hatte er trotz der Dunkelheit den Weger Georg als einen der Räuber erkannt und konnte der Gendarmerie entsprechende Auskünfte geben.
Als Weger Anfang April 1849 festgenommen wurde, leistete er keinen Widerstand. Über den Verbleib der beiden Räuber Matzeder und Reiter konnte er allerdings keine Aussagen machen. Sie waren weiterhin flüchtig.

Leichenzug

Am Samstag, den 31. März im Jahre 1849, rief schon kurz nach Sonnenaufgang die Totenglocke vom Gottesacker in Nonnberg, der sich vom Dorfwirtshaus abwärts ein Stück den Hang hinab erstreckt und mit seinen Kreuzen über das weite offene Land schaut. Ein leichter Ostwind trug das traurige Lied des hellen Geläuts bis zum Bichlmaierhof nach Wollersdorf. Aus dem Geräteschuppen des Nonnberger Pfarrhofes zog man den Leichenwagen; zwei Pferde wurden vorgespannt und auf dem freien Platz vor dem Dorfwirtshaus versammelten sich alte und junge Dorfbewohner, allesamt in schwarzer Kleidung, in kleinen Gruppen, um das Unfassbare zu beschwatzen. Ungeheures war in der sonst so ruhigen und von Verbrechen verschonten Gegend nahe der Kreisstadt Eggenfelden geschehen. Der junge Mann, den man zu überführen hatte, war der Bauerssohn Lorenz Bichlmaier, der als jüngstes Kind des Großbauern Hans Bichlmaier von Wollersdorf in der Nacht zum 28. März im sogenannten Schwalbenberger Holz auf brutale Weise ermordet wurde. Besonders traurig an diesem Unglück war zudem, dass Lorenz Bichlmaier kurz vor der Hochzeit mit seiner Braut Kreszentia vom Berglehnerhof bei Massing stand. Noch am Tage vor seinem furchtbaren Tod sah man die beiden in Gangkofener Geschäften bei Hochzeitseinkäufen.

Für die Menschen aus Nonnberg und Umgebung, die sich auf dem Dorfplatz zum Leichenzug versammelt hatten, waren die Geschehnisse noch gar nicht begreifbar und so werden wohl manche Wahrheiten, aber auch allerhand Mutmaßungen verstreut worden sein. Der eine berief sich auf seine guten Kontakte zum Bichlmaierhof und wollte gehört haben, dass die Räuberbande schon hinter Schloss und Riegel saß, ein anderer behauptete, acht Räuber seien es gewesen und allesamt flüchtig. Ein dritter war sich sicher, dass der Bauer Franz Altersberger, welcher in Begleitung von Lorenz Bichlmaier war, mittlerweile auch an seinen schweren Verletzungen verstorben wäre, aber einen der Täter erkannt hätte und den Gendarmen eine gute

Beschreibung hätte geben konnte. Endlich erschien der Herr Pfarrer auf dem Platz. Die Trauergemeinde ordnete sich und der Trauerzug bewegte sich unter dem Geläut der Kirchenglocke in Richtung Wollersdorf. Der Leichenwagen humpelte auf dem holprigen Feldweg, der sich in einigen Kehren durch die leicht hügelige Landschaft zog. Unter dem Wechselgebet zwischen Vorbeter und Trauergemeinde erreichte er nach ungefähr einem Kilometer Fußweg den Bichlmaierhof. Hier zerstreute man sich abermals auf dem großen Hof in kleine Gruppen, um die ganze Trauerprozedur, die sich hauptsächlich im Haus abspielte, abzuwarten. Der Leichnam wurde im großen Zimmer, welches das schönste in dem wohlhabend eingerichteten Haus war, aufgebahrt. Da sich die Nachricht vom jähen Tod des Sohnes in der Umgebung und bei der Verwandtschaft schnell herumgesprochen hatte, kamen viele schon vor zwei Tagen am Abend zum „Wachten". Jeder, der kam, ging zu dem Verstorbenen, besprengte ihn mit Weihwasser, betete kurz und ging dann in die große Stube zum Rosenkranzgebet. Die Leute, die gekommen waren, bewirtete man mit Brot und Bier. Um Mitternacht verließen alle Wachter, Männer und Frauen, das Haus. Schon kurz nach dem Tod hatte der Pfarrer den Beerdigungstermin festgelegt und die „Leichenbitterin" ging in den umliegenden Ortschaften von Haus zu Haus, um den Leuten einzusagen:

„Beim Bichlmaier in Wollersdorf lassens bittn, zu der Leich, am Samstag um 9 Uhr vom Haus aus!"

Im Haus sammelte sich viel Verwandtschaft und der Pfarrer musste sich mit seinen Ministranten einen Weg zu dem aufgebahrten Toten bahnen, um ihn „auszusegnen". Dann wurde der Sarg von den Sargträgern nach draußen getragen und in den Leichenwagen geschoben. Behäbig setzte sich der Trauerzug wieder in Bewegung. Allen voran der Totengräber mit dem Kreuz, gefolgt vom Pfarrer und den Ministranten, die angehörige Familie und nahe Verwandtschaft hinter dem Leichengespann, dann die restliche Trauergemeinde, die abwechselnd in das Rosenkranzgebet einstimmte. Eine kleine Blasmusikgruppe hob ein paar Mal zum Trauermarsch an. Mit dem

Erreichen des Ortseingangs von Nonnberg grüßten die Glocken der Pfarrkirche. Der Sarg wurde nun wieder von den vier Trägern vom Wagen gezogen und zu Fuß an die Familiengrabstätte getragen. An der Grube setzte ein Wechselgesang zwischen Pfarrer und Chor ein, die Blasmusikanten spielten noch ein Trauerlied und nach kurzen Gebeten trug der Geistliche seine vorbereitete Grabrede vor. In dieser Ansprache erfuhren die Trauergäste nicht nur den Lebenslauf des Verstorbenen, sondern auch sein Wirken und Mühen für die Familie und die Nächsten. Es wurden die guten Seiten des Verstorbenen hervorgehoben und zur Nachahmung aufgefordert. Nach der Beerdigung überreichte der Pfarrer die Grabrede den trauernden Eltern. Während die Angehörigen noch am offenen Grab standen und Weihwasser auf den Sarg sprengten, läuteten die Glocken zum Gottesdienst. Zu einer großen Beerdigung gehörten mindestens zwei Ämter und einige Beimessen. In der Kirche war die Tumba, ein mit immergrünen Pflanzen geschmückter leerer Sarg, aufgestellt. Mit einem Glockengeläut des Ministranten begann das „Opfergehn". Jeder Trauergast stellte sich in eine der beiden Reihen zum Kommuniongitter an, legte Geld – meistens einen Kreuzer – in die Schale und kehrte zu seinem Platz zurück. Nach dem Gottesdienst, der eine gute Stunde gedauert hatte, begaben sich die Verwandten, Träger, Geistlicher, Vereinsabordnungen und Nachbarn ins Wirtshaus zur Gremeß, dem Leichenmahl. Die Leichenfrau sagte schon am Grab an, wer dazu eingeladen war. Wie groß die Gremeß gehalten wurde, das bestimmte der Besitzstand des Verstorbenen oder die Größe des Bauernhofes. Da der Trauerfall viele Verwandte und Bekannte zusammenbrachte, gab es natürlich viel zu erzählen. Zu aller Überraschung erhob sich der Bürgermeister und teilte den anwesenden Trauergästen mit, er habe erfahren, dass der Begleiter von Lorenz Bichlmaier, der Bauer Franz Altersberger, den Überfall schwer verletzt überstanden und Georg Weger aus Bachleiten als einen der Raubmörder erkannt hatte. Weger sei daraufhin heute Morgen von der Gendarmerie verhaftet und nach Eggenfelden in Untersuchungshaft gesteckt worden. Weiter wollte er in Erfahrung gebracht haben, dass Weger bereits ein Geständnis abgelegt und seine beiden Mordkumpane, Franz Reiter und Franz Matzeder, verraten habe. Die beide seien aber noch flüchtig. Da ging natürlich ein aufgeregtes Raunen durch die Trauergesellschaft und viele hätten es ja schon immer gewusst, dass der Weger Schorsch ein Lump und seit Jahren durch Raufereien, Diebstähle und Wilderei arg in Verruf geraten sei. Aber einen Raubmord, so meinten viele, habe man ihm dann doch nicht zugetraut. Nach Stunden des Beisammenseins endete die Gremeß und man verabschiedete sich von seinen Bekannten, um eiligst nach Hause zu kommen, wo die neuesten Erkenntnisse vom Mord an Lorenz Bichlmaier schon erwartet wurden.

Begräbnis einer Gemeindearmen um 1852

Für das Leichenbegräbnis der Gemeindearmen Theresia Meindl, Almosengenießerin von Simbach, wurden 1852 5 Gulden als Leichenkosten berechnet, welche Vikar Bauer als richtig und bar empfangen bestätigte. Der Mesner erhielt 1 Gulden 50 Kreuzer für Leichenverrichtungen mit einer heiligen Messe, Speisgang, Zügenglocke und Christusträger. Den Empfang von 2 Gulden 2 Kreuzer quittierte der praktische Arzt Dr. Glonner für abgegebene Mixtur, Tee, Tinktur (Schleh), drei gemachte Besuche samt Totenschau. 1 Gulden 27 Kreuzer kassierte der Handelsmann Anton Hofreiter für 1 Wachskerze, 1 Leichentuch, Öl, Lichter und Bänder. 1 Gulden 29 Kreuzer nahm der Schreiner Georg Gugler für die Totentruhe und 3 Gulden 18 Kreuzer bestätigte der Totengräber Stömmer als Verdienst seiner Arbeit an der Leiche der Verstorbenen.

Steckbrief

Sepp Matzeder

geboren 1816, lediger Häuslersohn aus Matzöd bei Simbach

Sepp Matzeder

Sepp Matzeder war bei diversen kleineren Vergehen seines Bruders Franz mitbeteiligt. Wegen Vagabundierens und weil er in Wirtshausschlägereien verwickelt war, untersagte man ihm das Betreten des Gerichtsbezirks Eggenfelden.

1847 griff ihn ein Gendarm in Arnstorf auf. Sepp Matzeder widersetzte sich der Verhaftung und stieß den Gendarmen einen Abhang hinunter. Als dieser ihn zu verfolgen versuchte, schlug ihn Sepp mit einem Stein nieder.

Sepp Matzeder wurde auf dem elterlichen Anwesen in Matzöd verhaftet und zu zwei Jahren Arbeitshaus in Neudeck bei München verurteilt.

Beteiligungen an schwerwiegenden Verbrechen wie Raub und Mord sind nicht bekannt.

Da Wuidara Sepp

In der Nacht hatte es geregnet. Als Sepp Matzeder an diesem Sonntagmorgen die Kuchl betrat, brannte noch kein Feuer im Kamin. Die Herdstelle war kalt und er würde sich mit einer sehr einfachen, kalten Frühsuppe begnügen, bevor er mit seinem Rucksack in den Wald hinausging. Im Haus war es noch dunkel. Er konnte gerade einigermaßen sehen und sich zurechtfinden. Eine Laterne zündete er sich nicht an.

Mit seinem Emailbecher ging er in die Speis und goss sich aus einem größeren Haferl Milch ein. In der Küche nahm er sich etwas Salz aus einem Steintopf und streute es in die Milch. Dann öffnete er einen Kasten und nahm sich den Rest eines Brotlaibs heraus, schnitt sich eine Ecke ab und setzte sich damit an den Tisch. Er brach das harte Brot in Stücke und ließ sie in den Becher fallen. Eine saure Milch aß er gern am Morgen, aber lieber warm.

Der Morgen graute. Sepp tauchte noch seinen Daumen in den Weihwasserkessel und zeichnete sich das Kreuzzeichen auf Stirn, Kinn und Brust, bevor er die Stube verließ. In der Flez nahm er sich Janker und Hut vom Nagel, schulterte den Rucksack, den er schon am Vortag hergerichtet hatte, und öffnete die verriegelte Haustür. Lautes Vogelgezwitscher begrüßte ihn an diesem kühlen Morgen. Alles lag ruhig. Nach der langen Trockenheit war der nächtliche Regen ein Segen gewesen. Sepp schlug den Weg über die Einöde Großwalln Richtung Arnstorf ein. Die Frische des Waldes war herrlich und rundherum dampfte der Boden. Nach ungefähr 20 Minuten schlüpfte er links in das Fichtenholz – hier schloss sich das Waldstück zwischen Stelzenöd und Zwilling an – sein Revier. Hier kannte er sich besonders gut aus. Dabei waren es nicht die guten Schwammerlplätze, die ihn heute interessierten, oder die Heidelbeersträucher, dafür war es noch nicht Zeit. Er kannte hier die Wildpfade, wo Rehe durch das Dickicht wechselten. Ihm entging der Hasenkot nicht, der hier verstreut lag und die Hasenpfade markierte. Und er wusste, wie man dem Wild nachstellen konnte. An mehreren Stellen am Waldrand streute er re-

gelmäßig eine Handvoll Getreide, um Fasane und anderes Federvieh zu locken. Hier legte er seine Schlingen aus Rosshaar, die an kleine Holzpflöcke gebunden waren. Die Fasane verfingen sich darin mit den Füßen und saßen in der Falle. Auch heute hoffte er auf einen Braten für die Familie. Bevorzugt an Feiertagen ging er zum Wildern, weil dann die braven Leute in die Messe gingen und auch keine Waldarbeiter anzutreffen waren. Trotzdem war Vorsicht geboten. Wilddiebstahl war streng verboten und konnte ihn sogar ins Zuchthaus bringen. Die Jäger wussten natürlich auch, wann die beste Zeit dafür war, und durchstreiften morgens und in den Abendstunden den Forst. Sepp setzte sich auf einen Baumstumpf und blieb für lange Zeit regungslos und abwartend. Das Hämmern eines Spechts durchbrach das gleichmäßige Zwitschern der Singvögel. Mit den Augen suchte er die umliegende Gegend ab und richtete sich erst wieder auf, als ihm die Feuchtigkeit unangenehm durch den Hosenboden gedrungen war. Er ging leise weiter in den Wald hinein. Jetzt hatte er einen seiner Hasenpfade erreicht und suchte am Boden nach ausgelegten Drahtschlingen. Von Zeit zu Zeit bückte er sich, um eine Schlinge wieder in Form zu bringen, die von Zweigen verdeckt oder von Tieren niedergetreten worden war. Manch neuen Draht, den er im Innenfutter seines Jankers versteckt trug, holte er heraus und band ihn an eine kleine Baumwurzel, die über den Boden wuchs, und richtete die Falle dann nicht erkennbar an. So oft er sich auch niederkniete, hielt er zuerst jedes Mal inne und schaute sich sorgfältig um. Seine Schritte waren fast lautlos und das Knacken eines Astes hätte ihn sofort in Alarm versetzt. Hasen waren seine häufigste Beute. Sogar auf dem eigenen Anwesen gelang ihm mancher Fang, da diese es auf die eingezäunten Gemüsebeete abgesehen hatten. Wenn die Felder brach lagen und Eis und Schnee die Nahrungssuche schwierig machten, dann kamen die Hasen gerne, um sich am Wintergemüse der Bauern zu laben. Ein extra freigelegter Einschlupf im Gartenzaun wurde manchem Vierbeiner das Tor zum Galgen.
Beim Erlegen von Rehen experimentierte Sepp noch. Bislang hatte er noch kein Glück gehabt. An einem Wechsel ins Dickicht hatte er einen jungen Baum ausgeästet, eine starke Drahtschlinge daran fest-

Sepp Matzeder beim Wildern — R.J. Führmann

gemacht und den Stamm dann heruntergebogen, sodass die Schlinge auf Kopfhöhe des Wilds hing. An einem danebenstehenden Fichtenstamm hatte er den so bearbeiteten Stamm leicht angebunden. Wenn ein Reh hier mit dem Kopf in die Schlinge geriete, würde es stürzen und zappeln, bis der Fangbaum sich losreißen, hochschnellen und das Tier erhängen würde. Mit leichten Zweigen war die Falle getarnt und fast unsichtbar. An anderen Stellen hatte der Wilderer starke Hanfseile mit Drahtschlingen zwischen Baumstämme gespannt.

Sepp folgte einem Pfad, der auf die großen Wiesen des Hofes Ed hinausführte, hier hatte er vor einigen Tagen drei Seile gespannt. Konzentriert und leise schritt er voran und blieb plötzlich erschrocken stehen. Keine zwanzig Schritte sah er vor sich auf dem Wechsel einen braunen Körper sitzen – ein Reh, das nun seinen Kopf zur Seite drehte. Sein Herz pochte vor Aufregung. Das Tier war in seine Falle geraten, doch es war noch am Leben. Er erkannte nun, dass sein Strick vom rechten Baumstamm gerissen war. Das Reh hatte wohl sehr stark daran gezerrt und gekämpft, doch der Draht hatte sich um seine Kehle zugezogen und seinen Zweck erfüllt. Auch als der Mann nähertrat, rührte sich das geschundene Reh nicht von der Stelle. Die Schmerzen waren zu stark. Die Zunge hing ihm aus dem Maul und der ganze Körper zitterte. Ein junger Bock war es mit kurzen Hornspitzen. Sein Fell war struppig und glänzte nass. Vermutlich war es schon am Vorabend oder in den Nachtstunden gefangen geraten. Einen Moment überlegte Sepp, wie er es umbringen sollte. Er zog sein Messer aus der Scheide, denn er musste das Tier nun erlösen. Mit seinem linken Bein presste er den Körper an den Stamm, an dem das Seil hing und mit dem rechten Stiefel trat er auf den Kopf des Rehs und drückte ihn fest auf den Boden. Das Messer setzte er im Nacken an und stach mit beiden Händen zu. Der Bock kämpfte noch ein letztes Mal, wollte auf die Hinterhufe kommen, doch der kräftige Bursche hielt ihn fest wie in einer Zange, bis die Lebensgeister schwanden. Blut tränkte das braune Fell um den Hals und tropfte auf den Boden. Jetzt war Eile geboten. Schnell war das Seil abgeschnitten, der Bock geschultert und der Wilderer verschwand damit tief in den Wald hinein.

„Pfui Deife, du Nasch!", schimpfte Sepp laut, als er merkte, wie sich die Blase des toten Tieres entleerte und ihm der Urin warm über den Rücken hinunterrann. Trotzdem war er sehr stolz auf seinen Jagderfolg. Endlich hatte es geklappt. Er dachte an die Freude seiner Familie, die für eine kurze Zeit mit dem Fleisch gut versorgt war. Manches schöne Stück konnten sie verkaufen und damit ein paar Gulden verdienen. Er wusste wohl, dass es Unrecht war, aber welche Wahl hatte er. Auch er litt unter dem schlechten Leumund seines Bruders. Ein Matzeder war ein Räuber und Zuchthäusler. Auch er konnte selten eine kurze Anstellung als Tagelöhner bekommen, geschweige denn bei einem Handwerksmeister eine Lehre machen. Wildern war Unrecht, aber noch größeres Unrecht war Hungern.

Er überlegte noch, wie er nun das Reh nach Hause schaffen sollte. Am sichersten wäre es wohl gewesen, es nahe bei Matzöd unter Reisig zu verstecken und es in der Dunkelheit zu holen, aber es bestand die Gefahr, dass es vielleicht doch noch am Tage von jemandem gefunden wurde. Er wollte es jetzt nicht mehr aus den Händen geben. Er konnte es auch hier im Wald gleich ausweiden, zerlegen und die größten Brocken im Rucksack heimtragen. Das hätte aber auch sehr lange gedauert. Er entschied sich für den direkten Weg, allerdings über den Waldzipfel, der östlich an Matzöd anschloss. Hier hätte er zwar von den Nachbarhöfen Nussbaum und Kleinwalln aus gesehen werden können, doch wenn er sich beeilen würde, wären die Bauersleut noch auf dem Heimweg von der Sonntagsmesse.

Sein Schritt wurde schnell und unvorsichtig. Er verließ sogar die Deckung der Bäume und eilte, so rasch er mit seiner Last vorwärts konnte, über die Waldstraße. Ein aufgescheuchter Eichelhäher schimpfte über ihm. Bei einer alten Kiefer lehnte er sich an den tief gefurchten Stamm, um zu verschnaufen. Schweiß tropfte ihm von der Nase und er wischte sich mit dem Ärmel über die Stirn. Er hätte sein Gesicht mit Ruß schwärzen sollen, ging es ihm durch den Kopf. Es war nicht mehr weit. Nach wenigen Minuten bog er links wieder in den Wald hinein und folgte dem Weg, der in die Richtung seines Hauses führte. Am Waldrand zu den Feldern und Wiesen um Matzöd warf er das Reh auf den Boden und ließ sich ins lange Gras fallen. Bis auf das Krähen eines Hahns war alles ruhig. Er hörte das Zirpen der Grillen um ihn und sah keine Menschenseele. Einige Minuten lag er geduckt, dann stand er auf, hob sich den jungen Bock auf die Schultern und marschierte die letzten dreihundert Meter über die Fluren, ohne sich umzuschauen.

Diesmal ging alles gut.

Ein Maßkrug geht um – zum Schmunzeln!

Da schaut jeder, dass er nicht zu kurz kommt!
Zuerst hängt der Bauer seinen Schnauzer hinein – er hat's ja schließlich bezahlt, das Bier.
An seinem Bart hängen Schaum und Tröpfchen wie an den Sträuchern nach einem Maigewitter. Er schlürft den Schnurrbart leer, streicht ihn nach links und rechts und gibt den Krug weiter an seine Bäuerin.
Diese trinkt und schiebt ihn der Tochter zu.
Die besinnt sich, denn sie ist eine Zeahme.
„Trink, wenn der Hammer auf dich hinzeigt!", mahnt der Bruder, der schon wartet und leckt wie ein Abnehmkalb. Sie nippt vorsichtig. Dafür haut der Bruder ein ordentliches Loch hinein. Denen, die unten sitzen, wird schon Angst. Wenn das so weitergeht!
Der Oberknecht hat auch einen harten Zug in der Gurgel. Mit Spannung verfolgen sie, wie ihm beim Schlucken am Hals das Zapferl auf und ab geht.
„Der bleibt im Maßkrug über Nacht! Halt stad!"
Jetzt steckt der Hansl seinen Schmalzbrasilzinken in den Maßkrug rein. Er hebt ihn schon bedächtig hoch und nimmt sich auch ein schönes Maul voll!
Der Nachbar, der Bauma, schaut schon nachdenklich in den Maßkrug, ob noch so viel drin ist, dass es der Müh wert ist und setzt kräftig an.
Die Augen des Stallbuben werden immer ängstlicher: Ob für ihn noch was bleibt? Der Bauma schiebt den Krug der Dirn zu, auf die er ein Auge hat:
„So, a Noagal is no drin füa di!"
Ehe der Stallbub noch dagegen Einspruch erheben kann, hat sie ihren Teil getrunken und schiebt den Krug dem Buben zu:
„Sauf, dass d' was wirst!"
Der stellt den Maßkrug auf den Kopf – es rührt sich aber nicht mehr viel. Indes stimmen die anderen den Gesang an.
„'s letzte Tröpferl muss no aussa und wenn d' Welt in Fransern geht!" und sie warten darauf, dass der Bauer noch eine Maß springen lässt.

Gerichtsverhandlung gegen Sepp Matzeder

Da Sepp Matzeder, der jüngere Bruder von Franz, des Öfteren durch Raufereien und Diebstähle aufgefallen war, wurde ihm das Betreten des Gerichtsbezirkes Eggenfelden untersagt. Dieser scherte sich jedoch nicht viel darum und wurde am 13. Februar 1849 prompt in Arnstorf von dem Gendarmen Anton Kollmer erkannt und aufgehalten.

Das königliche Kreis- und Stadtgericht Straubing hat durch Erkenntnis vom 13. Februar 1849 die Untersuchungssache gegen Josef Matzeder, ledigen Häuslersohn von Matzöd, wegen Verbrechens der Widersetzung in Konkurrenz mit dem Vergehen der Körperverletzung, verübt an Gendarm Anton Kollmer von Arnstorf, zur Aburteilung in seine öffentliche Sitzung verwiesen.

Heute kam dieselbe zum Aufrufe und zur Verhandlung, wobei insbesondere die Zeugen und der Beschuldigte vernommen, dann Staatsanwalt Bacher und der Verteidiger Advokat Schwaiger gehört wurden. Der Staatsanwalt trug das Ergebnis des Beweisverfahrens vor:

1. Es ist aktenmäßig, dass dem Angeklagten Matzeder die Betretung des Landgerichtsbezirkes Eggenfelden verboten war, mit dem Anhang, dass er sonst als Vagant wird behandelt werden.

   Da derselbe sich diesem Befehle zuwider im Landgerichtsbezirke Eggenfelden festsetzen ließ, so hatte ihn die Gendarmerie auch als Vaganten zu behandeln und infolgedessen war dieselbe befugt, ihn zu arretieren.

2. Es ist durch die Zeugen Kollmer, Kitzinger, Aigner und Pürchner mit Bestimmtheit ausgesagt, dass der Angeklagte der Arretierung sich dadurch widersetzte, dass er den Gendarmen Kollmer absichtlich über einen etwa drei Schuh hohen Abhang hinunterstieß und durch die Zeugen Kollmer, Zellner, Moosmüller und Pürchner, dass er, als ihn Kollmer verfolgte, einen Stein aufgehoben und damit auf den Kollmer geschlagen habe, und zwar noch eher, als Kollmer von seinem Säbel Gebrauch gemacht hatte.

Die Aussage des Zeugen Seitl verschwindet gegen diese vier bestimmten Zeugenaussagen.

3. Dass in diesem Benehmen des Angeklagten gegen den Gendarmen Kollmer eine doppelte Misshandlung liege, ist zweifelsfrei. Ebenso zweifellos ist, dass durch diese tätliche Misshandlung des Gendarmen sich der eingangs erwähnten landgerichtlichen Anordnung widersetzt werden wollte; und es ist sonach die feste Überzeugung begründet, dass die Tat, wegen welcher Matzeder vor Gericht gestellt wurde, überhaupt geschehen sei und dass er sich derselben auch schuldig gemacht habe.

4. In dem Beweise der tätlichen Misshandlung liegt auch der Beweis der an Kollmer verübten Körperverletzung, welcher in Folge der Misshandlung neun Tage arbeitsunfähig wurde. Wenn nun auch die konkurrierende Körperverletzung einen erschwerenden Umstand bildet, so ist auf der anderen Seite die im Grunde geringfügige Veranlassung der Arretierung, obwohl sie jedenfalls gerechtfertigt erscheint, als Milderungsgrund anzunehmen, weshalb bei dem geringeren Strafmaße stehen geblieben werden kann.

Der Staatsanwalt stellte den Antrag, „in Anwendung des Art. 316 St. II Th. 1 des StGB und Art. 367 den Angeschuldigten des ihm zur Last gelegten Verbrechens der Widersetzung in Konkurrenz mit dem Vergehen der Körperverletzung für schuldig zu erklären und deshalb zu dreijährigem Arbeitshause zu verurteilen, die Kosten des Verfahrens aber wegen Mittellosigkeit des Angeschuldigten der Staatskasse zu überbürden".

Der Verteidiger Advokat Schwaiger beantragte, den Angeschuldigten in Bezug auf das Verbrechen der Widersetzung von der Anklage zu entbinden, in Bezug auf das Vergehen der Körperverletzung denselben wegen Notwehr freizusprechen, eventuell ihn in die geringste Strafe zu verurteilen.

Sepp Matzeder wurde am 6. März 1849 vom Kreis- und Stadtgericht Straubing zu zwei Jahren Arbeitshaus verurteilt.

Festsetzung

Die Wirtin stellte zwei Steinkrüge vor die beiden fremden Gäste auf den Holztisch. Ungeduldig ergriff Reiter den grauen Steinzeughenkel und führte das schaumlose Bier zum Mund. Er soff mit dem ersten Zug mehr als die Hälfte aus dem Halbliterhumpen. Das schmeckte! An diesen letzten Tagen im Mai 1849 schien die Sonne schon fast so heiß wie im Hochsommer. Jetzt machten sie Rast von ihrer Wanderung. Nur wenige Gäste saßen an diesem Abend in der Gaststube. Drei wortkarge ältere Herren, von denen einer ihre Ecke mit seiner weiß qualmenden Tabakspfeife einnebelte, hielten am Stammtisch die Stellung. Alle drei schielten auf die unbekannten Gestalten herüber und Franz Matzeder spürte die Augen in seinem Rücken. Er hasste das. Angeglotzt zu werden ließ ihn immer aggressiv werden. Nicht selten hatte er einen dieser Gaffer an der Gurgel gepackt. Er strich sich über den schwarzen Bart und seine Stirn zog tiefe Falten.

Er ärgerte sich über seine Unvorsichtigkeit. In so einer Dorfschenke, noch dazu an einem Wochentag, waren sie natürlich mehr als auffällig. Schon als die Wirtin ihre Bierbestellung aufnahm, wollte sie natürlich wissen, wer sie waren und was sie hier in Pörndorf trieben. Franz Matzeder kannte kein Verstellen und hatte sie gleich so derb angeschnauzt, dass es ihr die Sprache verschlug. Natürlich waren sie jetzt jede Sekunde unter argwöhnischer Beobachtung. Der Pfeife rauchende Alte wandte sein zerfurchtes Gesicht gelegentlich einem seiner Bekannten zu und brummte Unverständliches. Das frische Bier besänftigte den Geist Matzeders und bei der zweiten Halbe hatte er sich schon merklich entspannt. Über ein Quartier machte er sich noch keine Gedanken. Irgendwo ließ sich schon wieder ein Stadel finden, wo sie frech einsteigen und ein paar Stunden schlafen konnten. Ein festes Ziel hatten sie noch nicht, Hauptsache war, ein wenig weiter weg von der Heimat, wo sie unbehelligt herumstreunen konnten. Matzeder kramte gerade in seinem Rucksack, als unverhofft mit einem Male die Tür aufflog und drei Gendarmen in ihren dunkelgrünen

R. J. Führmann

Waffenröcken in die Gaststube stürzten. Augenblicklich erkannte er das Unheil und sprang auf die Beine. Er hatte das Gefühl, sein Herz wäre für einen Moment stillgestanden und erst mit einem stechenden Schmerz wieder angesprungen. Jetzt pochte es ihm bis zum Hals hinauf. Diese verdammten Hunde. Er griff nach seinem Bierkrug und schleuderte ihn gegen die Männer. Dann einen Stuhl hinterher, der auf den benachbarten Stammtisch krachte, wo sich erschrocken die drei Alten schutzsuchend duckten.

Der Stationskommandant Bäumler aus Gergweis, der die Gendarmen anführte, brüllte die Räuber an, sie sollten den Widerstand aufgeben und drohte mit dem Gewehr im Anschlag. Ein zweiter Stuhl flog, dann sprang Reiter auf die Gruppe zu, packte beherzt den Gewehrlauf Bäumlers und riss ihn nach vorn. Laut krachend donnerte der Schuss, ohne zu treffen. Reiter zog sein Messer und hieb auf den Kommandanten ein – erwischte ihn an der rechten Hand. Matzeder hatte seinen Revolver aus der Hosentasche gezogen, der jedoch ungeladen keine große Hilfe war. Auch er packte den Kommandanten und stieß ihm den Revolver mit ganzer Kraft und einem grauenhaften Wutgeschrei in den Magen, dass dieser zu Boden ging. Dann fasste Matzeder nochmal in die Hose und zog sein Messer aus der innen angenähten Lederscheide.

Ein weiterer Schuss krachte und ließ für einen kurzen Moment das Durcheinander aus Schreien und Stöhnen abbrechen. Matzeder warf einen schnellen Blick zu seinem Räuberkammeraden und war erleichtert, dass auch dieser Schuss offenbar sein Ziel verfehlt hatte. Die Gaststube stand in weißem Rauch. Wieder flog ein Stuhl auf die Angreifer. Matzeder kippte Tische um und donnerte Stühle, die er erwischen konnte, gegen die Uniformierten. In diesem Tumult konnten die Gewehre nicht nachgeladen werden und so zogen die Gendarmen ihre Säbel. Eine letzte Möglichkeit zur Flucht hätte die Verbindungstür zur Küche auf der von ihnen gelegenen rechten Seite sein können. Diese wollten sie erreichen. Mit Holzstühlen bewaffnet konnten sie die Säbelhiebe einigermaßen abwehren. Doch da stürmten weitere kräftige Männer aus dem Dorf mit Knüppeln bewaffnet herein, und aus der Tür zur Küche trat ein Jäger mit seiner Flinte. Die Situation schien aussichtslos. Die beiden Räuber verschanzten sich daraufhin hinter einem umgestürzten Tisch in der Ecke. Schnaufend und hilflos starrten sie sich an. Was sollten sie nur tun? Inzwischen war es Kommandant Bäumler gelungen, sein Gewehr nachzuladen. Mit bluttropfender Hand und wütender Grimasse trat er auf die Deckung der Räuber zu.

„Gebts auf oder mir schiaßn eich ab wia d' Hasn!", brüllte er entschlossen, während sich auch der Jäger und die anderen Männer postierten. Es gab kein Entkommen mehr! Stille. So hatte es kommen müssen. Steckbriefe der zwei Räuber hingen in vielen Orten, aber die einfachen Leute hatten sie nie verraten, ja mitunter sogar versteckt! Wer hatte sie erkannt und angezeigt? Wenn sie lebend hier rauskommen wollten, dann mussten sie jetzt nachgeben. Matzeder und Reiter hoben langsam die Hände. Schweißnasse Köpfe erhoben sich über die Tischkante. Ohne weiteren Widerstand ließen sie sich von den groben Händen der Gendarmen überwältigen und fesseln.

Verhandlung

Matzeder und Reiter wurden in die Fronfeste nach Straubing gebracht. Hier verbrachten sie unter scharfen Haftbedingungen drei Jahre, ehe ihnen am 2. Juni 1851 endlich der Prozess gemacht wurde, was zu folgendem Urteil führte:

Urteil (Originalwortlaut aus dem Urteilsspruch des Executions-Commissär Hohenester am Straubinger Rathaus)

> Der ledige Häuslersohn Franz Matzeder und der ledige Tagelöhnersohn Franz Reiter in Straubing werden wegen derer von ihnen in der Nacht vom 27. auf 28. März im Jahre 1849 im Komplotte verübten Verbrechens des Raubes IV. Grades an dem Bauernsohn Lorenz Bichlmaier von Wollersdorf und dem Bauern Franz Altersberger von Nonnberg und noch überdies wegen des von ihnen unterm 28. März 1849 an dem Gendarmeriestationskommandanten Bäumler von Gergweis verübten Verbrechens der Widersetzung zum Tode verurteilt.

Richterspruch – Das Todesurteil

Seine Majestät der König habe hierauf vermöge allerhöchster Entschließung vom 4. Juni 1851 die Todesstrafe in Ansehen des Franz Matzeder und Franz Reiter erklärt, dass zu derer Begnadigung kein zureichender Grund gefunden worden sei.

Demzufolge werde heute Vormittag dahier das Todesurteil an Franz Matzeder und Franz Reiter durch öffentliche Enthauptung mit dem Schwerte vollzogen.

Straubing, den 23. Juni 1851

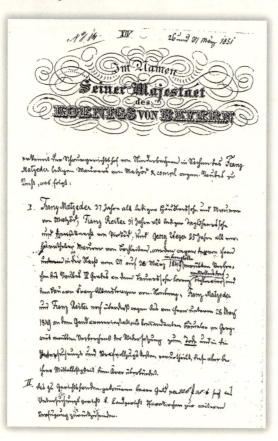

Beim Apfeböck

Auch an die Wirtshaustür zum Apfeböckbräu war einer dieser Amtsdrucke mit den Gesichtern der beiden Räuber Matzeder und Reiter genagelt, der die anstehende Hinrichtung in Straubing kundtat. Beide im Profil gezeichnet. Matzeder, besonders gut getroffen, wie er allen bekannt war: die lange Hakennase, das hervorstehende Kinn, buschige Augenbrauen und der mächtige schwarze Schnauzer. Selbst auf Papier gedruckt war sein Gesichtsausdruck grimmig und angsteinflößend. Im Gegensatz Reiter eher knabenhaft: große Augen, bartlos und mit zurückspringendem Kinn – wie ein Kasper. Es war Sonntag nach der heiligen Messe. Der Vikar hatte seine Gläubigen an der Kirchentür mit guten Wünschen in den Ruhetag entlassen. Die Frauen traten den Heimweg an, um das Mittagessen zu kochen. Die Männer standen noch beisammen und tauschten allerhand Neuigkeiten aus. Bald lösten sich die kleinen schwatzenden Männergrüppchen auf und sie verteilten sich auf die verschiedenen Wirtshäuser zum Frühschoppen.

Der Apfelböckbräu stand hinter der Schenke und zapfte gerade eine frische Halbe Bier aus einem dunklen Holzfass, als Winkler und Jahrstorfer in die Gaststube eintraten. Heiß war es an diesem Sonntagvormittag und dem dicken Apfelböck rann der Schweiß über sein rotes Gesicht. Er wischte sich mit seiner grünen Schürze über die Stirn. Den eben gefüllten Humpen genehmigte er sich selber und nahm einen kräftigen Schluck des hellen Bieres. Die beiden Bauern setzten sich an den Stammtisch an der Kachelofenbank, wo schon dicker Pfeifenrauch stand und ein Schafkopfblatt auf den schweren Holztisch gedroschen wurde.

„Oachln fressn d' Wuidsäu gern! Schmier oder leg di selber eine, dann is a Sau drin."

„Oache is Gift."

„Geh weida, iatz hod er d' Händ voller Pratzn und schmiert ned!"

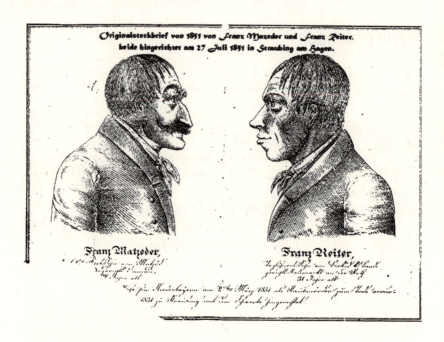

„Habts es zwoa an Durscht?", fragte der Wirt mit seiner Bassstimme und die beiden Bauern nickten.

„Freili, aber mochs fei gscheid voll!"

„Des wär ja no scheener – a Hoibe is a Hoibe."

Mit seiner Rechten griff er sich zwei Steinkrüge aus dem Regal, drehte wieder am Zapfhahn und stellte seinen Gästen bald das Bier auf den Tisch.

„Wohlsein!", wünschte er und setzte sich schnaufend auf den freien Stuhl zu den Männern.

„Habts es scho ghört? Iatz is so weit, dass in Straubing drent den Matzeder ummerichtn. I hobs scho nimmer glaubt, nach dera langen Zeit. Hob scho gmoand, da Kini lassat eahm im Verlies verrecka, aber iatz gibts wohl doch no a Spektakl. Mir habn vorhin scho drüber diskriert, a paar mechtn hinfahrn. Wenns ma nausgeht, dann bin i aa dabei."

„Ja, habts denn nix Bessers zum doa, als eich in da Weltgschicht rumzumtreibn?", erwiderte Winkler.

„Wos moanst, wos des für a Gaudi wird! Do werdn a paar Tausend Leut auf de Fiaß sei. Iatz trinkts a moi gscheid!"

Jahrstorfer setzte als Erster den Krug wieder ab und witzelte über das nicht besonders kühle Bier: „Wos hast denn da wieder für a loadigs Weihwasser zammbraut?"

Gerade war auch die Schafkopfrunde zu Ende und schon eiferten sich auch die Kartler, dass man unbedingt nach Straubing müsse. Jahrelang hatte dieser Hund geraubt und gemordet. Den Matzeder einmal in Todesfurcht zu sehen, das wäre auf jeden Fall die Strapazen wert. Überhaupt wär dies eine günstige Gelegenheit, dem vorbestimmten Jahreslauf mit seinen wiederkehrenden Aufgaben zu entfliehen. Man war sich bald einig, dass jeder, der etwas auf sich hielt, zur Hinrichtung musste. Die Beweggründe waren alle selbstredend und zweifelsfrei. Je nachdem, in welchem Verhältnis man nun zu der Sache stand, als Tatbetroffener, zum abschreckenden Zeitzeugnis, von Amtswegen oder einfach als mitfühlender Christenmensch. Nach dem gemeinsamen Beschluss begann gleich die Planung. Man würde am Sonntag vor dem Blutgericht auf einem Heuwagen gemeinsam hinfahren, am Montag der Hinrichtung beiwohnen und noch am selben Tag zurückreisen. Es ginge zwar dabei ein Arbeitstag verloren, aber den würden sie schon wieder aufholen können. Der Wirt versprach für eine Ration Obstbrand zu sorgen und der Wimmerbauer sollte für die Bereitstellung des Fuhrwerks von jedem Mann ein paar Kreuzer bekommen.

Wie in Simbach stellten die Dorfmänner mehrerer Orte gemeinsame Anreisen nach Straubing zusammen.

Hinrichtungsstätte am Hagen zu Straubing

Wer denkt heutzutage bei einem Gang durch das Gäubodenfest daran, dass hier vor etwa 160 Jahren die öffentlichen Hinrichtungen mit dem Schwert in der Nähe des Schützenhauses stattgefunden haben? Die Hinrichtungsbühne war etwa drei Meter hoch, sodass auch die entfernt stehenden Zuschauer die Vorgänge gut beobachten konnten. Das war ja der eigentliche Zweck der öffentlichen Sühne: einer möglichst großen Menschenmenge – deutlicher als durch die eindringlichsten Ermahnungen – mit dem abschreckenden Beispiel zu zeigen, wohin es führt, wenn man vom Pfade des Rechten abweicht. Freilich wurden bereits damals Stimmen laut, die darauf hinwiesen, dass ein solcher Anblick auf manche weniger abschreckend als verrohend wirkte. Die Zahl der Zuschauer schwankte je nach der Jahreszeit, dem Wetter, dem Interesse, dass man dem mit Blut zu sühnenden Verbrechen entgegenbrachte. Die Doppelhinrichtung von Matzeder und Reiter sollen 20 000 Schaulustige mitverfolgt haben. Exekutionen fanden meistens im Frühsommer statt, wo das Landvolk noch nicht mit der Ernte beschäftigt war.

Die Nachricht

Franziska spitzte die Ohren, als sie plötzlich aus der Ferne das geheime Zeichen hörte. Das helle Klopfen hallte vom Wald zu dem Oberschabinger Bauernhof herüber. Die junge schlanke Frau, die ihre blonden glatten Haare unter einem weißen Kopftuch trug, war gerade dabei, in der kühlen Speis Milch zu verarbeiten. Sie war neben drei Brüdern das einzige Mädel auf dem Erlmayrhof und zu diesem Zeitpunkt 24 Jahre alt. Nach dem frühen Tod einer Schwester war sie neben der Bäuerin und der Großmutter, die in der kleinen Austragswohnung lebte, für die Arbeiten im Haus verantwortlich. Von mehreren braunen Steinzeugschüsseln, den sogenannten „Waidlingen", die mit Milch gefüllt waren, schöpfte sie den Rahm, der sich als Haut abgesetzt hatte, in ein Butterfass. Wieder vernahm sie das Klopfen durchs kleine offene Fenster. Kein Zweifel – einer ihrer wilden Freunde war dort draußen und wartete im Versteck der Matzöder Räuber, um ihr etwas mitzuteilen. Oben im Schabinger Holz waren zwei abgerindete Holzschlegel versteckt, die immer dann, wenn es am Kalten Brunn, dem Räuberversteck, etwas zu bereden gab, kräftig viermal aufeinander geschlagen wurden. Es musste etwas passiert sein. Matzeder konnte nicht droben sein, der saß seit langer Zeit in der Fronfeste in Straubing. Sie überlegte kurz, zu welcher Arbeit sie rasch in den Wald hinauflaufen konnte. Bald beendete sie ihr Rahmschöpfen, ging mit einem kleinen Weidenkorb hinaus in die Flez und schlüpfte in ihre Holzschuhe. Die Brombeeren standen jetzt in der Blüte und so wollte sie Blätter und Blüten zur Teebereitung sammeln. Kleinlaut rief sie nach ihrer Mutter und als keine Antwort kam, trat sie schnell aus der Haustür. Über die Wiese ging sie die nur 300 Meter nach Süden hinauf zum Waldrand, zupfte eilig Brombeerblätter, ein Büschel Taubnesseln, sah sich noch einmal nach der Hofstelle um und verschwand auf den Pfad, der hinabführte zum Kalten Brunn. Sie hörte einen aufgescheuchten Fasan schreien und hielt kurz inne. Ihr Herz pochte. Als sie sich der Stelle näherte, von wo man die Waldsenke, in der ein kleiner Bach floss, einsehen konnte, verlangsamte sie ihren Schritt und versuchte, möglichst leise aufzutreten. Von oben sah sie den Mann, der ihr den Rücken zuwandte und sich hingekniet hatte, um aus der Quelle Wasser zu trinken. Noch einen Moment blieb sie stehen und wartete, dann ging sie zögernd weiter. Als ein Ast unter ihrem Schuh knackte, fuhr der Mann herum und sie erkannte Unertl. Franz Unertl war nur ein Jahr jünger als Franz Matzeder und ein Jugendfreund. Er stammte aus einem kleinen Bauernhof aus Stadl bei Simbach. Franziska eilte neugierig den Waldhang hinunter.

„Wos is denn passiert?", fragte sie außer Atem.

Unertl senkte den Blick und sagte ernst:

„Es is aus – da Matzeder wird hingricht."

Franziska riss erschrocken die Augen auf und hielt sich die Hand vor den Mund. So sehr hatte sie gehofft, dass „ihrem" Franz eines Tages die Flucht gelang. Sie kannte ihn als starken, unbeugsamen Mann … und sie war ihm trotz seiner kühlen Art sehr zugetan. Tränen stiegen ihr in die Augen und sie fühlte eine Enge in ihrer Brust, als legte sich eine Schlinge um ihr junges Herz, das Matzeder gehörte. Es war eine geheime und verbotene Liebe gewesen. Außer den Matzöder Kameraden blieb die Beziehung allen im Dorf verborgen.

„Wos sagst denn da? Des is doch ned wahr?"

„Doch, wahr is. In Simbach am Rathaus und vor da Kircha hengan Zettln vom Gricht aus. Am 23. Juni solln Matzeder und Reiter umbracht werdn. Heut friah war da Harlander bei mir – der hats aa scho gwisst."

„Da Harlander war do? Der soll se no ja ned blickn lossn – wo isn der jetzt?"

„Der kimmt übermorgn nomoi da her. Er sagt, er möcht wos unternehma, aber a gnaue Absicht hat er aa no ned."

„Mei, wos kann ma denn da no unternehma?"

„I hobs aa gsagt: A Depp is er, wenn er moant, er kannt an Matzeder ausm Straubinger Arrest außerholn. Den könn ma scho lang vergessn."

„Und du bist a Loamarsch!", schimpfte Franziska wütend, „des kann scho sei, dass iatz z' spät is. Da Gustl hätt ihn da rausgholt, aber mit dem is aa aus. Der is viermal ausbrocha und hat se nix gschissn vor de Soldatn."

„Red doch ned so an Schmarrn. Wo is denn der Klingsohr scho ausbrocha – z' Eggenfeldn, ja. Aber aus der Fronfeste z' Straubing is no koana auskemma. Do brauchast gwiss zwanzg Mann, wennst wos reißn möchst!"

„Oana mit dem richtign Muat glangt!"

Unertl winkte ab. Es war unmöglich. Mit Harlander hatte er ja auch schon lange debattiert und viele Möglichkeiten durchdacht. Die Zellen der Räuber waren verschlossen und sicher streng bewacht. Sie kämen nicht einmal unbemerkt auf den Hof der Fronfeste. Über die Fenster ging 's auch nicht, da diese immer sehr klein gemauert waren, außerdem wusste man ja auch gar nicht, in welchem dunklen Winkel des Gemäuers die Eingekerkerten zu finden wären. Ein großes Feuer zu legen und im Tumult der Löscharbeiten einzudringen und nach Matzeder zu suchen, schien die beste Idee, aber dazu brauchte man mehrere mutige Männer.

Er musste sich eingestehen, dass er tatsächlich die Hose gestrichen voll hatte und für eine solch waghalsige Aktion keinen Finger rühren würde. Matzeder war verloren, aber nicht erst jetzt, sondern vom ersten Tag unter Gewahrsam des Eisenmeisters an.

Franziska nahm ihren Korb auf und machte sich traurig auf den Rückweg.

„Kimmst übermorgen nomoi her?"

„Wenn i auskonn, kimm i."

Der Geist

In den Jahren der Gefangenschaft Matzeders in der Straubinger Fronfeste versuchte Kooperator Aigner den Delinquenten vergeblich zur Einsicht und Buße zu bewegen. Mit schier unendlicher Ausdauer und Güte ertrug er über zwei Jahre Ignoranz, Verachtung und Spott. Sein einziges Ziel in dieser Zeit war, die arme schwarze Seele vor der Hölle zu retten. Er musste den berüchtigten Räuber zur Umkehr und zur Beichte bewegen. Die Schuld schien übergroß, doch er glaubte an die Verheißung der Vergebung durch Buße. Kein Mensch, der nicht auch die Menschlichkeit im Herzen trug! Kein Mensch, der nicht durch das Erlösungswerk des Herrn Jesus gerettet werden könnte! Waren nicht beide Schächer am Kreuz mit Jesus des Todes? Und trotzdem versprach der Herr dem einen, dem Bußfertigen und Gottesgläubigen, das Paradies.

„Noch heute wirst du mit mir im Paradiese sein!", trotz Todesschuld. Auch Matzeders Seele konnte nicht durch den weltlichen Richterspruch verdammt werden, vielmehr bekam auch er noch die Chance, sich durch Einsicht und Buße in Gottes Licht zu stellen.

In vielen Sitzungen würdigte Matzeder den Geistlichen keines Blickes und blieb stumm. Andere Male war er redselig, erzählte auch von bestialischen Vergehen gegen das Menschengeschlecht. Er berichtete von Folter, sexueller Gewalt und Mord und eröffnete dem schockierten Zuhörer dann unverhofft mit niederträchtiger Freude, dass dies alles nie geschehen und frei erfunden war. Die folgende Geschichte wurde im frühen 19. Jahrhundert aufgeschrieben, weil Matzeder sie nicht am Schluss der Schilderung leugnete. Nach dieser Erzählung blieb der wilde Räuber still und nachdenklich. Hatte er ein weiteres Mal versucht, den Kooperator zu verspotten? Gab er mit dieser Geschichte einen Traum zum Besten oder eine Einbildung, die er in berauschtem Zustand vermeintlich erlebt hatte? Nein, Matzeder beteuerte und war überzeugt, folgendes merkwürdige Erlebnis gehabt zu haben.

„Drei starke Burschen und ich waren auf dem Weg zu gottlosen Dirnen. Auf einer Anhöhe angelangt, sahen wir auf dem entgegengesetzten Hügel eine schwarze Person. Diese eilte durch die Luft schnell auf uns zu, weshalb ich, noch ein Knabe, vor Angst zu jammern anfing und davonlaufen wollte. Einer der Burschen versuchte, mich durch Zureden zum Schweigen und Bleiben zu bewegen. Allein schnell ergriff ihn der böse Geist und warf ihn über die Anhöhe hinab, sodass er röchelte, als müsse er sterben. Einer der beiden anderen Burschen wollte sich mit dem Messer verteidigen: Der Schwarze aber drehte dasselbe sichelförmig zusammen. Wie ich nun diese zwei Burschen vom Teufel ergriffen und übel zugerichtet sah, floh ich voller Angst. Der Geist jedoch eilte mir in immer gleicher Entfernung nach, bis ich zu einer Ortschaft kam, außerhalb welcher er verschwand und wo ich Aufnahme bei den Bewohnern eines Hauses fand. Von hier wagte ich erst am hellen Tag nach Hause zu gehen. Die drei Burschen hielten sich längere Zeit verborgen, da sie durch die erlittenen Misshandlungen blau und schwarz waren.

Reue

Mit einem lauten Schaben zog sich der schwere Riegel zurück und der Schlüssel drehte sich im Schloss der Kerkertür. Matzeder lag auf seiner harten Holzpritsche. Stumpfsinnig war sein Blick auf die rissige, schmutzige Wand des zur Stadt gelegenen Turmzimmers in der Fronfeste gerichtet. Diese kalte Mauer war wie ein Teil von ihm geworden. In diese Steine war ein schwerer Eisenring zementiert, an den er gekettet war. Jetzt war es auszuhalten, aber im Winter strahlte die Wand eine Eiseskälte ab, die ihm ungnädig in die Knochen kroch. Eine stinkende Decke gab ein bisschen Wärme und auf dem harten Brett konnte er einen Bauschen Stroh verteilen. Er fühlte sich wie ein Tier. Ein wildes Tier, das in einem Kellerloch seinen Gnadenstreich erwartete. Dabei war er längst nicht mehr wild. Er war bereits gebrochen. Den unausweichlichen Schwerthieb wünschte er sich herbei. Lieber heute als morgen. Endlich ein Ende setzen! Keine Kälte mehr, keinen Hunger mehr, keine Kreuzschmerzen mehr und kein stupides Warten. Einzig übrig geblieben war ein kleines Maß an Stolz. Er war der berüchtigte Räuber Matzeder, vor dem die schneidigsten Burschen zitterten und seinem Ruf wollte er bis zum Ende gerecht werden.

Jetzt wandte er den Kopf, um zu sehen, wer seine Zelle betrat. Zuerst duckte sich der schwarzhaarige schielende Kerkerknecht durch die niedrige Tür, der so gerne seine Späße mit Matzeder trieb. Dieser Sadist betrat selten ohne Haselnussrute eine Zelle, mit der er die Häftlinge traktierte. Diesmal hatte er nur einen Schemel in der Hand und stellte ihn in der Mitte des Raumes ab. Als er die übel riechende Keuche wieder verlassen hatte, trat Kooperator Aigner ein und setzte sich.

Matzeder verdrehte nur die Augen, dann wandte er sein Gesicht wieder zur schmutzigen, mit Stockflecken überzogenen Wand.

Der Geistliche hatte schon viele Male versucht, den Menschen hinter der kalten Verbrecherfassade anzusprechen, doch bislang ohne Erfolg. Er wollte noch nicht aufgeben – ihn nicht zur Hölle fahren lassen, wo so viele andere ihn gerne sehen wollten. Er liebte die Menschen und es wäre nicht das erste Mal, dass ein Gewalttäter und Mörder im Angesicht des Todes nach Vergebung und Seelenfrieden dürstet. Nicht mit dem Werkzeug des Bösen, mit Gewalt und Folter, wie in den dunklen Jahren des Exorzismus, sondern allein durch Güte und Christi Liebe konnte der Teufel besiegt werden. Er hielt es mit den Worten des Apostel Paulus, der da sagte:

„Wo aber die Schuld übergroß geworden ist, da ist die Vergebung umso größer!"

Er hatte schon Mörder um Vergebung betteln und weinen sehen und noch kurz vor ihrem Ende das Erlösungswerk des gekreuzigten Jesus für sich in Anspruch nehmen. Aigner betete und glaubte, damit den Delinquenten aus den Klauen des Teufels entreißen zu können. Noch blieben ein paar Tage. Noch war der Arm der Kirche ausgestreckt.

Matzeder kratzte sich die verlauste Kopfhaut und furzte.

Nach einer Weile drehte er sich mit lautem Stöhnen auf der harten Holzpritsche um. Sein Rücken schmerzte. Er setzte sich langsam auf, streckte sich nach oben und stütze sich mit beiden Händen auf die Bank. Die kalten, eingefallenen Augen fixierten den Geistlichen. Die Zeit in der Todeszelle hatte Matzeder zugesetzt. Schon jetzt schien alles Leben aus dem rauen Burschen gewichen.

Aigner schlug langsam das Kreuzzeichen und sprach mit einfühlsamen Worten einen Segen. Er betete um Kraft und Gnade für den Verurteilten und begann, über Gottes Liebe zu den verirrten Schafen zu referieren. Immer wieder sprach er darüber, dass es zur Umkehr und Buße noch nicht zu spät war. Wieder fragte er, ob Matzeder seine bösen Taten, das Leid und der Tod, den er über seine Opfer gebracht hatte, denn gar nicht leid täten.

Matzeder grinste ekelhaft, doch plötzlich ging sein Blick ins Leere und seine Grimasse versteinerte sich zu einer ernsten Miene.

„Doch – oans reut mi gwiss! I hab mirs nia verziehn!"

Der Kooperator zog die Augenbrauen hoch und schaute ihn fragend an.

Nach einer bedrückenden Minute des Schweigens ermunterte er ihn zum Erzählen.

„Mach di doch frei davon und verzähls!"

Etwas, das dem gefürchteten eiskalten Hund ein Stachel im Gewissen war. Es musste wahrlich Schlimmes sein, doch für Aigner war es trotz der Boshaftigkeit endlich ein Hoffnungsschimmer. Was auch immer es war, nichts und niemand konnte es ungeschehen machen, doch die Reue und das Geständnis der schrecklichen Tat konnten endlich eine Tür zu seiner Seele werden.

Es war an irgendeinem Nachmittag im Sommer vor vier Jahren, als Matzeder durch den Wald schlich. In den letzten Tagen war er oft bis in die Abenddämmerung hier unterwegs und beobachtete, auf welchen Pfaden die Rehe durch das Gehölz streiften. Heute hatte er auf Kopfhöhe der Tiere an einer vielversprechenden Stelle zwei Drahtschlingen zwischen die Fichtenstämme gespannt, mit denen er seine Beute machen konnte. Vor einiger Zeit war es ihm schon einmal gelungen, dass ein junger Bock sich verfing und in dem sich ins Fleisch schneidenden Galgen erstickte.

Auf seiner weiteren Pirsch nahm er unvermittelt aus einiger Entfernung helle Stimmen wahr. Vorsichtig schlich er in die Richtung. Als er die Farbpunkte ausmachen konnte, verbarg er sich hinter einem dicken Stamm. Eine Frau und ein kleiner Junge bückten sich zu den niedrigen Büschen am Waldboden und sammelten Heidelbeeren. Das Kind hüpfte schnatternd von einem Fleck zum nächsten und brockte die süßen Beeren, um sie gleich in den Mund zu stecken.

Die beiden wandten sich in die entgegengesetzte Richtung und so schlüpfte Matzeder von Baum zu Baum näher heran. Die Frau schien gut dreißig Jahre alt zu sein. Mager, aber nicht unattraktiv. Wäre nicht der Bankert, er würde ihre Büchsn schon schleifen. Mit pochendem Herzschlag spürte er seine Geilheit hochsteigen. Noch näher heran! Über die Jahre war er zu einem Meister des Anpirschens geworden. Obwohl sein Verlangen ihn übermannte und er unvorsichtig Meter für Meter vorwärts hüpfte, verriet ihn immer noch kein Knacken von Ästchen. Der Junge war ein gutes Stück weitergelaufen und nur noch hin und wieder zwischen den braunen Stämmen zu sehen. Matzeder atmete schwer. Eine solche Gelegenheit würde er so schnell nicht wieder bekommen. Kurz kam ihm die Franziska in den Sinn, mit der er es getrieben hatte. Die wollte ihn haben. Die hatte sich geöffnet und unter seinen Stößen gestöhnt. Er erinnerte sich an den Schweiß auf ihrer weißen Haut – er musste die Pflückerin nehmen! Fast hatte er die Frau erreicht, die sich erneut zu den blauen Beeren bückte und ihm so einladend den Arsch entgegenstreckte. Die letzten Meter rannte er auf sie zu und warf die erschrockene Frau zu Boden. Noch bevor sie sich versah, packte Matzeder sie am Hals und würgte sie.

Panisch versuchte sie, ihren Peiniger wegzudrücken, doch gegen den groben Mann war ihr Widerstand zwecklos. Mit seinem ganzen Körpergewicht lag er auf der Frau, hielt ihr nun den Mund zu und keuchte ihr ins Ohr:

„Wehr di ned du Matz, sonst drah i dir d' Gurgl um!"

Er versuchte, der Frau die Kleider zu zerreißen, aber der robuste Stoff gab nicht nach. Er zog sein Messer und hielt es ihr vor das Gesicht. Das arme Weib schluchzte auf und begann, wie besessen gegen die vorgehaltene Hand zu kreischen. Matzeder holte aus und schlug ihr hart ins Gesicht. Dann fuhr er mit der Messerschneide in den Ausschnitt und schlitzte das Oberkleid bis zum Bauch auf, schlug ihr die Unterröcke hoch und verging sich an ihr.

Doch da war plötzlich das Kind. Keine zehn Meter entfernt stand der Bub und schrie nach seiner Mutter. Er plärrte und heulte, dass selbst Matzeder Furcht packte. Und die Mutter begann nun erneut, sich mit Schlagen und Kratzen zu wehren. Sie packte den Verbrecher an den Haaren und riss ihm büschelweise die Haare aus. Auch hatte sie nun seinen Daumen zwischen ihre Zähne bekommen und biss sich daran fest. Matzeder griff mit der rechten Hand wieder ihren Hals und drückte ihr die Luft ab. Unwillkürlich löste sich ihr Biss. Er würgte sie nun mit beiden Händen, bis die Augen hervorquollen. Die grünen Augen wurden ruhig, glotzten hinauf in die Baumwipfel. Als er von der erschlafften Frau abließ, schrie der Junge noch immer ohne Unterlass.

Matzeder sprang auf, griff nach seinem Rucksack und dem Gewehr und schritt auf den Jungen zu.

Rotz und Wasser liefen dem Kleinen über das Gesicht. Vor ihm ein ausgeschütteter Topf Beeren.

„Halts Maul, du Depp, und schau dass'd heimkommst!", brüllte er ihn an, doch auch nach einer Ohrfeige rührte sich der Junge nicht von der Stelle.

Aus denselben grünen Augen, wie sie das Weib hatte, quollen Tränenbäche und ungebrochen schrie er nach der Mutter.

Matzeder musste auch ihn töten. Aber er konnte dem Wehrlosen nicht ebenso die Luft abdrücken. Er wollte ihm mit dem Gewehr drohen. Aus dem Rucksack holte er ein Zündhütchen, stopfte den Stutzen und legte an.

„Schau endlich, dass'd weiterkommst, sonst daschiaß i di!"

Er zielte nun tatsächlich mit nur drei Schritt Abstand auf die Stirn des Kleinen. Das elende Gebrüll war nicht zu ertragen. Noch einmal fluchte Matzeder, schrie und stieß den Bankert – dann legte er wieder an und drückte ab.

Der laute Knall schnitt augenblicklich alle Geräusche, allen Lärm ab. Einzig ein Summen blieb dem Mörder in den Ohren. Einzig der schnelle Herzschlag, der alle Geräusche des Waldes übertönte, blieb und wurde doch leiser und langsamer. Er hatte das nicht gewollt. Er hatte beide nicht totmachen wollen, aber sie hatten sich gewehrt – der Kleine zumindest mit seinem Schreien.

Der Kooperator Aigner sah, wie die Augen Matzeders zum Überlaufen standen. Beim nächsten Augenschlag tropfte eine Träne auf den staubigen Gefängnisboden. Der Mörder hielt sich die Hand vor die Augen und wischte verstohlen.

Jetzt war Aigner an der Reihe. Matzeder hatte ihm seinen Seelenschmerz gezeigt und wenn die Mauer der vermeintlichen Gefühllosigkeit eingebrochen werden sollte, dann musste er nun ein Zeichen setzen. Bis zu diesem Zeitpunkt hatte sich keiner getraut, sich dem Gewaltverbrecher schutzlos zu nähern. Zu groß war die Angst vor Tätlichkeit. Es fiel auch ihm schwer und er hatte große Angst.

Der Geistliche erhob sich, nahm den Schemel und stellte ihn dicht neben die Holzpritsche, dann setzte er sich wieder und fasste den gefürchteten Räuber am Arm. Matzeder rührte sich nicht. Einen Moment lag auf beiden Männern eine seltsame Spannung. Dann durchbrach Matzeder die Stille mit einem lauten Atemzug. Aus der eisigen Maske formte sich ein Ausdruck des Schmerzes und zwei Tränenströme liefen über seine Wangen.

Original Zeitungsbericht vom 20. Juni 1851

☞ — Die zwei Scharfrichter, Brüder Scheller aus Amberg und Eichstädt, sind bereits heute (20.) Morgens in **Straubing** angekommen, um am **Montag den 23. d. die Raubmörder Matzeder und Reiter hinzurichten.** Den Akt der Hinrichtung wird Herr Scheller aus Eichstädt vollziehen, während ihm sein Herr Bruder assistirt. Heute um 9 Uhr Morgens sollte den armen Sündern das Leben abgesprochen werden.

☞ ☞ Die Eine Bitte stellt das Volksblatt an seine lieben Leser, sie möchten zu diesem blutigen traurigen Schauspiele nicht hinreisen. Damit sie näher erfahren, wie es dabei zuging, wie das Volk sich aufführte ꝛc. ꝛc., brauchen selbe nicht hinzureisen; sie sollen nur daheim bleiben, indem der Redakteur selber hinreist, um ausführlich und getreu berichten zu können. Sie ersparen sich dadurch Zeit, Geld und einen traurigen Tag. also daheim geblieben!

Scharfrichter

Für die überaus prominente Hinrichtung verpflichtete das Gericht die Gebrüder Scheller aus Amberg und Eichstätt.
Das Spektakel musste bis ins kleinste Detail geplant und organisiert werden. Es musste mit unvorhergesehenen Zwischenfällen gerechnet werden, die bei dieser zu erwartenden Menschenansammlung nicht auszuschließen waren.

Scharfrichter Lorenz Scheller

Der Scharfrichter Lorenz Scheller, geb. 1815 in Öttingen, legte am 23. Juni 1851 sozusagen seine Meisterprüfung als Scharfrichter ab, indem er Franz Reiter in Straubing am Hagen köpfte.
Franz Matzeder wurde von seinem älteren Bruder Aloisius Johannes Scheller hingerichtet. Der erfahrene Scharfrichter Scheller war zu jener Zeit in Eichstätt und Amberg für den Todesstreich beauftragt, ab und an aber in ganz Bayern tätig. Lorenz Scheller übte von 1851 bis 1879 sein blutiges Handwerk aus und richtete in dieser Zeit 49 Delinquenten, davon sechs in Straubing.
Eine tragische Hinrichtung führte Lorenz Scheller am 1. Mai 1854 in München an dem 19-jährigen Christian Hussendörfer durch. Es gelang Scheller nicht, Hussendörfer mit einem einzigen Schwerthieb zu enthaupten. Zeitgenössischen Berichten zufolge musste er siebenmal zuschlagen, ehe der Kopf Hussendörfers vom Leib getrennt war. Der König reagierte prompt und ordnete an, dass nach diesem grausamen Vorfall Enthauptungen nur noch mit dem Fallbeil durchgeführt werden durften. Lorenz Scheller litt selbst sehr an seinem öffentlichen Versagen und legte sein unehrenhaftes Amt nieder. Er zog

sich aus dem gesellschaftlichen Leben zurück und verstarb 1880 in der Irrenanstalt zu Regensburg.

Originalbericht aus der Landshuter Zeitung vom 27. Juni 1851

Ein Zeitzeuge berichtet in Straubing am 23. Juni:

> Um über die Hinrichtung sowohl als über die Hinzurichtenden näher berichten zu können, ging ich schon am Sonntag, den 22., mittags nach Straubing, wo ich nachmittags um 3 Uhr ankam. Mein erster Gang war der zur Fronfeste, um die armen Sünder im Delinquentenstübchen zu sehen, was mir aber erst nach einer Stunde und zwar nur auf spezielles Verwenden eines Freundes gelang, denn die Verbrecher hatten eine Kommission begehrt und vor dieser umfassende Geständnisse abgelegt, womit der ganze Nachmittag in Anspruch genommen wurde. Sie bekannten nämlich außer mehreren anderen großen Verbrechen auch noch umständlich das, welches ihnen zur letzten Stufe auf das Blutgerüst geworden war.
>
> Sie hätten in der Nacht vom 27. zum 28. März 1859 (aber nicht in Verbindung mit dem deshalb zur Kettenstrafe begnadigten Maurer Georg Weger von Bachleiten, dessen Beteiligung sie übereinstimmend in Abrede stellen) mit Gewehren und Messern bewaffnet im Schwalbenberger Holz zwischen Pleiskirchen und Höll dem Bauern Altersberger von Nonnberg und dem Bauerssohn Bichlmaier von Wollersdorf gelauert, auf dieselben mehrere Schüsse abgefeuert, deren einer, aus gehacktem Blei bestehend, den Bichlmaier sogleich tot zu Boden gestreckt hat, während Altersberger durch einen Schuss in den Rücken leicht verwundet ins Gebüsch entsprang, sofort beide ausgeraubt, den Bauer Altersberger habe dann einer gepackt, sich auf ihn gekniet, ihm mehrere Stöße versetzt und unter dem Ausrufe: „Tot musst du werden!" seine Geldgurte mit 160 Gulden, dann

eine weitere Barschaft von 84 Gulden, welche derselbe in der Hosentasche bei sich trug, abgenommen, ihm mit einem Prügel über Kopf, Brust und Unterleib geschlagen, ihm mit einem Messer mehrere Stiche und Schnitte an Kopf, Arm und Brust verletzt und zuletzt nach dem Zuruf eines der Räuber „Schneid eahm die Gurgel ab!" einen Schnitt am Halse beigebracht, und das alles mit kaltem Blute und festem Vorsatze. Bichlmaier ward tot auf dem Rücken liegend seiner Uhr und Barschaft beraubt, Altersberger, dem Tode nahe im Blute liegend, morgens um 5 Uhr von einem des Wegs fahrenden Bauern gefunden. Das gestanden sie nun alles ein, während besonders Matzeder am Freitage morgens beim Akte des Lebenabsprechens noch unschuldig zu sein beteuerte und auf den Verteidiger schimpfte, „dass der zu den Herren geholfen habe".

Ich verweilte über eine Stunde abwechselnd vor den beiden Zellen und beobachtete die Verbrecher mit Muße. In Reiters Zelle befand sich auf dem Tische eine Schüssel voll Zuckerschleckersachen, von denen er manchmal kostete, mit dem Gebetbuch in der Hand ging er schnell auf und ab, jammerte, weinte und faltete manchmal die Hände. Sein Blick übrigens war scheu und sehr wild, jedoch aber schien Reiter, 32 Jahre alt, den Ernst des morgigen Tages bereits einzusehen.

Matzeder, 41 Jahre alt, eine kurze, untersetzte Figur, schien an Schnupftabak, Zigarren, Wein und Genüssigkeiten großen Gefallen zu tragen, wischte seinen noch sehr flott gehaltenen großen Schnurrbart fleißig und kam mir vor, als glaube er noch immer an das mögliche Gelingen des Entkommens. Aber dagegen war gut gesorgt. Das Gefangenenhaus war mit einer starken Abteilung Militär und Gendarmerie besetzt, welche kräftig genug gewesen wäre, einen Befreiungsversuch der Bande Matzeders (wovon in Straubing noch am Sonntagnachmittag sogar Gerichtspersonen mit Besorgnis sprachen) zurückzuweisen. Zwar tut das Vorurteil, wenn es in so hohem Grade tief sitzt, wie es gegen Matzeder allgemein der Fall war, der richtigen Beurteilung eines Menschen großen Einfluss; aber alle Aussagen von Anekdoten über seine Wildheit, die er seit Freitag noch zur Schau getragen, weggerechnet, hatte sein Blick einen Trug, eine Verwegenheit ohne Gleichen.

Der hochwürdigste Herr Bischof Valentin hatte die Verbrecher auf seiner Reise nach Metten besucht, aber besonders bei Matzeder wenig Hoffnung auf Bekehrung gefunden.

Nachdem ich mich an den beiden sattgeschaut, besuchte ich ein paar Gärten, die bei dem freundlichen Wetter auch mit Durstigen überfüllt waren. Matzeder und Reiter, Reiter und Matzeder – und sonst hörte man von nichts mehr reden! Man erzählte sich von der Aufführung der beiden und nachdem von Reiter bekannt wurde, dass er besonders seit sonntagmorgens ganz in sich gehe, hatte man es nur mehr mit Matzeder zu tun. Ich will von den vielen umlaufenden Äußerungen Matzeders ein paar mitteilen, die von verbürgter Seite kommen:

Am Samstagabend verlangte er eine Salamiwurst. In Straubing eine Salami! Doch ein Koch machte Mittel, der Delinquent bekommt die Salami, isst sie mit großem Appetit und sagt hernach:

„Noch ein bisschen länger wenn die Wurst wäre, so bliebe sie mir im Halse stecken und ich wäre dann viel härter zu richten."

Dann: „Hätt ich nur einen, der um 9 Kreuzer für mich aufs Schafott ginge! 9 Kreuzer habe ich noch."

Als er vom Richtplatz herein das Zusammenhämmern des Schafotts hörte, fragte er, was denn da draußen gemacht werde.

„Zimmererleut haben was zu tun", hieß es.

„Aha," rief er, „klopfen sie mir meine Falle zusammen?"

Fortsetzung des Berichts am 28. Juni:

Am Freitag, den 20. Juni 1851, ist Franz Reiter und Franz Matzeder in ihrer Zelle in der Eisenfronfeste zu Straubing mitgeteilt worden, dass der König keinen Grund zur Begnadigung gefunden hat und damit das Todesurteil rechtskräftig geworden ist. Zur Vorbereitung auf den Tod ist ihnen eine Gnadenfrist von drei Tagen gewährt worden. Drei Tage und drei Nächte mit ganz kurzen Unterbrechungen haben die

> ### Die Hinrichtung
> **der Raubmörder Matzeder und Reiter**
> **in Straubing am 23. Juni.**
>
> Um über die Hinrichtung sowohl als über die Hingerichteten näher berichten zu können, ging ich schon am Sonntag den 22. Mittags nach Straubing, wo ich Nachmittags um 3 Uhr ankam. Mein erster Gang war der zur Frohnfeste, um die armen Sünder im Delinquentenstübchen zu sehen, was mir aber erst nach einer Stunde und zwar nur auf spezielles Verwenden eines Freundes gelang; denn die Verbrecher hatten eine Komission begehrt und vor dieser umfassende Geständnisse abgelegt, womit der ganze Nachmittag in Anspruch genommen wurde. Sie bekannten nämlich außer mehreren anderen großen Verbrechen auch noch umständlich Das, welches ihnen zur letzten Stufe auf das Blutgerüst geworden. Sie hätten in der Nacht vom 27. zum 28. März 1849 (aber nicht in Verbindung mit dem deßhalb zur Kettenstrafe begnadigten Maurer Georg Weger von Bachleiten, dessen Betheiligung sie übereinstimmend in Abrede stellen) mit Gewehren und Messern bewaffnet im Schwalbenbergerholz zwischen Pleiskirchen und Holl, dem Bauern Altersberger von Ronberg und dem Bauerssohn Bichelmaier von Wollersdorf, aufgepaßt, auf dieselben mehrere Schüsse abgefeuert, deren Einer, aus gehacktem Blei bestehend, den Bichelmaier sogleich todt zu Boden gestreckt hat, während Altersberger durch einen Schuß in den Rücken leicht verwundet ins Gebüsch entsprang, sofort beide ausgeraubt, den Bauer Altersberger habe dann Einer gepackt, sich auf ihn gekniet, ihm mehrere Stöße versetzt und unter dem Ausrufe: „todt mußt du werden" seine Geldgurte mit 160 fl., dann eine weitere Baarschaft von 84 fl., welche derselbe in dem

von den Verurteilten erbetenen Beichtväter, Prediger Reisinger und Kooperator Aigner, in geistlichen Übungen mit ihnen zugebracht, denn nur selten war ein zum Tode Verurteilter so verstockt, dass er den angebotenen geistlichen Beistand zurückwies.

Den Raubmörder Matzeder konnte man schon aus dem Grund nicht in seiner Zelle allein lassen, weil man befürchtete, er werde sich durch Selbstmord der Schmach der öffentlichen Hinrichtung entziehen.

Er hatte geäußert:

„Wenn ich nicht öffentlich, sondern geheim hingerichtet würde, so ließe ich mir lieber Glied für Glied vom Körper abhauen oder abschneiden, um der Schande zu entgehen!"

Welche seelischen Aufregungen mit der Hinrichtung verbunden waren, geht aus dem Bericht des Predigers Reisinger am Tag der Hinrichtung hervor.

„Mit jeder Stunde und beim Ausfahren mit jeder Minute erhielt er ältere Gesichtszüge."

Als am Montag, 23. Juni 1851, 8 Uhr früh die Exekutionskommission in der Zelle Matzeders erschien und ihn aufforderte, sich zur letzten Fahrt bereitzumachen, nahm er die Demütigungen des Weges als verdiente Buße seiner Untaten ergeben auf. Willig ließ er sich vom Kerkermeister in das graue Sterbehemd kleiden, mit dem Strang gürten; willig nahm er die schwarzen Schand- und Straftafeln auf Brust und Schulter.

„Des Mordes und der Todesstrafe schuldig", war darauf zu lesen.

Mit dem Sterbekreuz in der Hand ließ er sich zum Sünderkarren führen, der zumeist fünf Personen trug. Auf dem Bock saß der Fuhrmann, dahinter an der Seite des in Straubing ansässigen Schinders und Henkersknechtes Spitzenwürfl der Delinquent Reiter, ihm gegenüber zwei Geistliche, Mut und Trost zusprechend, die Kreuzwegandacht vorbetend und auf das Vorbild des Erlösers hinweisend, der unschuldig einen viel schwereren Todesgang antreten musste.

Der traurige Zug wurde eröffnet durch berittene Bürgerwehr, daran schloss sich eine Abteilung Linientruppen (Jäger), hierauf kam der Wagen mit Reiter, hinter diesem marschierten wieder Linientruppen, dann folgte der Wagen mit Matzeder. Die starke militärische Bedeckung erschien als nötig, weil man einen Aufruhr befürchtete. Diese Hinrichtung fiel nämlich in eine Zeit großer Gärung und politischer Erregung. Der Funke der Auflehnung gegen die bestehenden staatlichen Verhältnisse, der allenthalben unter der Asche glomm, schlug stellenweise als helle Flamme hervor. Der Zug hielt vorm Rathaus. Auf dessen Balkon erschien die Exekutionskommission. Der Protokollführer Pappenberger verlas das Urteil und den Spruch des Kassationshofes, der Eisenmeister reichte dem Exekutionskommissär Hohenester den schwarzen Stab, den dieser zerbrach und zu Boden fallen ließ. Darauf wurde zuerst Reiter zur Richtstätte auf dem Hagen abgefahren, während Matzeder unter militärischer Bewachung im Rathaushof zurückblieb. Durch einen dicht gedrängten Wall von Zuschauern führte Reiters Weg; er sah aber die gaffende Menge nicht, sein Blick war nur noch auf das Kreuz in seiner Hand gerichtet und er ließ sich durch die Vorgänge der Außenwelt nicht mehr ablenken. Tausende warteten auf dem Hagen. Von überall waren sie gekommen, zu Fuß, zu Wagen, zu Schiff. Es regnete stark. Plötzlich ging ein Gemurmel durch die Reihen, die Hälse reckten sich:

„Jetzt kommen sie!"

Alles, was geschah, war ein riesiges Schauspiel; alles, was der Verurteilte tat, wurde aufmerksam beobachtet. Wie er an der Hand des Geistlichen vom Wagen stieg und in den unter der Hinrichtungsbühne eingebauten Verschlag wankte. Dort wurden ihm die Augen verbunden, die Hände auf dem Rücken gefesselt, der Oberkörper entblößt, nochmals Absolution erteilt, zum letzten Mal Trost zugesprochen. Mehr tot als lebendig ließ er sich die zehn, zwölf Stufen der geländerlosen Treppe hinaufschleppen und zu dem roh zusammengefügten Blutstuhl geleitet, neben dem der Henker stand, der Sohn des Scharfrichters Scheller von Amberg, hemdsärmelig, barhaupt, in schwarzer Weste – ihm stand die rote Tracht des Scharfrichters noch nicht zu, er war noch kein Meister; diese Hinrichtung sollte sein Meisterstück sein. Der Delinquent wurde gewarnt, die Schultern nicht hochzuziehen; sollte er der Mahnung nicht nachkommen, so war der Henkersknecht, der Spitzenwürfl, bereit, dem armen Sünder den Kopf an den Haaren oder an einem unter dem Kinn durchgezogenen Riemen hochzuhalten. Der Geistliche kniete neben der Stiege nieder, die Augen von dem blutigen Werk abgewandt und forderte die Umstehenden auf, zu Ehren des drei Stunden am Kreuze leidenden Heilandes drei Vaterunser zu beten. Mit lauter Stimme begann er vorzubeten, die Menge fiel ein, der Scharfrichter führte zielende Lufthiebe gegen den Hals des Verbrechers und noch ehe das erste Vaterunser zu Ende gebetet war – bei der Bitte „Vergib uns unsere Schuld!", trennte ein sicherer Hieb das Haupt vom Rumpfe. Unwillkürlich schlossen

viele der Schaulustigen die Augen, um das Schrecklichste nicht zu sehen. Gellende Schreie, lautes Weinen mischten sich in das Gebet des Priesters; einige Dutzend Stimmen riefen „Bravo!", um so das gelungene Meisterwerk des jungen Scharfrichters anzuerkennen. Einige Zuschauer sind ohnmächtig geworden oder hatten sich aus dem Gedränge entfernt, um es nicht zu werden. Der Spitzenwürfl zeigte den abgehauenen Kopf herum.

Ärzte betraten die Bühne, um sich vom eingetretenen Tod des Hingerichteten zu überzeugen, der Rumpf wurde in den bereitstehenden Sarg gelegt, der Kopf zu den Füßen; die Blutspuren auf dem Boden wurden mit Sägemehl überstreut.

Schon fuhr der Wagen zur zweiten Hinrichtung vor. Diese vollzog der ältere Scheller, in Hemdsärmeln und roter Weste, den schwarzen Hut auf dem Kopfe.

Ehe noch die Leichen zur Beerdigung an unehrenhafter Stelle des Friedhofes von St. Peter abtransportiert wurden, trat der Geistliche vor die aufs Tiefste erschütterte Versammlung, um im Namen und Auftrag der soeben Hingerichteten vor den Wegen zu warnen, die zum Blutgerüst führen: schlechte Erziehung, schlechte Gesellschaft, Gottlosigkeit, Nichtachtung der Autorität der Eltern, des Staates, der Kirche.

Mit einem Vaterunser für die Seelenruhe der Hingerichteten schloss die Rede des Priesters, worauf die Menge sich zerstreute und heimwärts strebte.

Anrede

bei der öffentlichen Hinrichtung

der beiden Raubmörder

Franz Matzeder und Reiter

zu Straubing

den 23. Juni 1851

abgehalten

von

J. B. Aigner,

Cooperator zu St. Jakob.

Straubing 1851.
Schorner'sche Buchhandlung.

Auszug aus der Anrede

Unmittelbar nach der Hinrichtung sprach Kooperator Aigner eine mahnende Predigt an das anwesende Volk.

Der Originaltext sei hier in einem kurzen Auszug angeführt:

> Menschenblut und wieder Menschenblut ist soeben vergossen worden und zur Erde niedergeronnen. Das Leben zweier Menschen – armer Sünder – hat soeben verbluten müssen. Das Schwert der Gerechtigkeit hat sich gegen sie erhoben und unaufhaltsam den Todesstreich geführt und entseelt liegen ihre blutenden Leichen vor unseren Augen. Keine, auch nicht die eifrigste Verteidigung, konnte das harte Urteil aufhalten oder umändern helfen; kein Gerichtshof konnte auf Strafmilderung zu erkennen bewogen werden, selbst das milde Herz des Königlichen Landesvaters konnte zur Begnadigung keinen Grund finden. Sie sind verurteilt, zum Tode verurteilt, ohne Gnade verurteilt und gerichtet worden. Wer von uns trägt ein fühlendes Herz im Leibe und sollte dieses Urteil nicht hart, nicht traurig nennen? Wer hätte das Blut dieser armen Sünder fließen sehen, ohne tiefe Wehmut und herzliches Mitleid zu empfinden? Sind sie ja Menschen gewesen, unglückliche Menschen! Menschen, die umso mehr auf Mitleid und Teilnahme eines Christenherzens Anspruch haben, je unglücklicher sie geworden, je tiefer sie gefallen sind; Menschen, welche – so groß und viel auch ihre Sünden und Verbrechen gewesen sein mögen – dennoch die Gnade und Barmherzigkeit unseres Gottes nicht verwirkt hatteN, denn, so sagt der heilige Weltapostel:
>
> Wo aber die Sünde übergroß wurde, ist die Gnade Gottes noch größer geworden.

Notzucht an Franziska Erlmayr

Vom 25. Juni bis 12. Juli 1851 fand im Saal des Schwurgerichts Straubing die Verhandlung gegen den Bindergesellen Franz Kumpfmüller von Pilberskofen bei Dingolfing statt.

Der ledige Bindergeselle Franz Kumpfmüller von Pilberskofen, Königliches Landgericht Dingolfing, 23 Jahre alt, ist wegen Verbrechens des Raubes IV. Grades und des Verbrechens der Notzucht, verübt an der Bauerstochter Franziska Erlmayr von Oberschabing, in Anklagestand versetzt und steht heute vor Gericht. Nachdem dem vom Verteidiger auf Vertagung gestellten Antrag vom Schwurgerichtshofe nicht stattgegeben wurde, begann die Verhandlung, aus der sich Folgendes ergab:

Am 22. Februar 1851 begab sich die 24-jährige Bauerstochter Franziska Erlmayr von Oberschabing nach Niederhausen, um dem dortigen Pfarrer das sogenannte Zehentgeld zu überbringen.

Auf dem Nachhauseweg von da auf der Straße von Haunersdorf nach Simbach wurde sie nach ihrer eidlichen Aussage von einem ihr unbekannten Burschen gewaltsam angegriffen, sogleich zu Boden geworfen und derselben hierauf alle Säcke durchsucht. Da sich Franziska Erlmayr gegen solche Gewalttat heftig wehrte und schrie, so misshandelte er dieselbe noch insbesondere dadurch, dass er deren Schal zusammendrehte und ihr hiermit den Mund verstopfte, dass sie kaum mehr atmen konnte.

Als der Bursche die Röcke der Franziska Erlmayr durchsucht, aber nichts gefunden hatte, zog er dieselbe weiter in das an der Straße befindliche Wäldchen hinein, drehte ihre beide Hände auf den Rücken, das sie auf solchen liegen musste, warf sich mit aller Gewalt auf deren Körper, sodass sie wehrlos, wider ihren Willen, die fleischliche Zuhaltung von Seite jenes Burschen gestatten musste und nun, wie sie behauptet, von ihm schwanger ist.

Nach also verbrachter Tat entließ der Täter die Beschädigte unter der Drohung, sie zu erstechen, wenn sie nur das Geringste von solchem Vorfalle sage. Allein Franziska Erlmayr eilte ungesäumt von da in das

Gendarmeriestationslokal zu Simbach und erzählte daselbst, abends um 6 Uhr angekommen, den erwähnten Vorfall in der angegebenen Weise, wobei nach Angabe des Stationskommandanten Nietz dieses Mädchen weinte und ein sehr ermattetes kränkliches Aussehen hatte. Sie beschrieb hierbei den Täter seiner Gestalt und Kleidung nach so genau und umständlich, dass es der Gendarmerie gelang, schon am nächstfolgenden Tage morgens 7 Uhr zu Schmalztal, westlich von Simbach gelegen, den Franz Kumpfmüller als vollkommen mit dem gegebenen Personalbeschrieb harmonierend aufzugreifen, und hat die Beschädigte sowohl in der Voruntersuchung als auch heute denselben als den erkannt, der sie am 22. Februar des Jahres 1851 auf die erzählte Weise vergewaltigt und genotzüchtigt hat.

Ein unter Zuziehung der Franziska Erlmayr am 24. Februar 1851 gerichtlich vorgenommener Augenschein an dem Orte der Tat zeigte 45 Schritte einwärts des Waldes Trittspuren im Schnee, deren Vergleich mit den dem Beschuldigten abgenommenen Stiefeln vollkommen harmonierte und weiter gibt Franziska Erlmayr noch an, es habe der Täter seinen Weg vom Tage des Vorfalls in jene Richtung genommen, wo sich jene Trittspuren vorfanden.

Franz Kumpfmüller wurde schon durch Erkenntnis des Appellationsgerichts von Niederbayern am 6. September 1842 wegen erschwerten Verbrechens des Raubes III. Grades von der Instanz entlassen und nebenbei eines ausgezeichneten Diebstahlsverbrechens und eines Diebstahlsvergehens zum Schaden der Binderswitwe Maria Hanecker zu Gmain als schuldig befunden, mit 4-jährigem Arbeitshause bestraft und stellte sich dessen Leumund überhaupt als schlecht.

Franz Kumpfmüller will von dem ihm zur Last gelegten Raub und Notzuchtverbrechen nichts wissen, nicht einmal zur kritischen Zeit an dem Orte der Tat gewesen sein.

Aus Zeugenaussagen geht jedoch hervor, dass Kumpfmüller sich zu dieser Zeit doch in der Nähe des Ortes, wo die Tat geschah, aufgehalten habe.

Der Staatsanwalt erörterte zuerst, dass hier das Verbrechen des Raubes III. Grades vorliege, indem der Täter die Franziska Erlmayr körperlich misshandelte in der Absicht, eine Entwendung an derselben zu begehen, was aus dem Durchsuchen der Säcke derselben hervorgehe. Ferner, dass weiter das Verbrechen der Notzucht hier vorliege, da die Franziska Erlmayr wider ihren Willen durch körperliche Gewalt zur Unzucht genötigt wurde und die körperlicher Vereinigung wirklich erfolgte. Zugleich stellte der Staatsanwalt dar, dass aus allen Erhebungen mit Bestimmtheit hervorgehe, dass Franz Kumpfmüller der Verüber dieser beiden Verbrechen war.

Der Verteidiger stellte als zweifelhaft dar, dass ein Verbrechen des Raubes III. Grades vorliege, indem nicht gewiss sei, dass Kumpfmüller in der Absicht, um Entwendung zu begehen, die Franziska Erlmayr vergewaltigt habe, sondern nur angenommen werden konnte, er habe dies in der Absicht, selbe zu notzüchtigen, getan. Den Geschworenen wurden zwei Fragen vorgelegt, nämlich erstens, ob Franz Kumpfmüller des Raubes III. Grades und zweitens, ob derselbe des Verbrechens der Notzucht sich schuldig gemacht habe und beide Fragen beantworteten die Geschworenen mit „Ja".

Der Staatsanwalt beantragte sodann gegen Franz Kumpfmüller nach Artikel 238. 137. 109 und 14 Teil I. des St.-G.B. Zuchthausstrafe auf unbestimmte Zeit, geschärft durch eine zur Zeit des begangenen Verbrechens jährlich zu verhängende Einsperrung in einem einsamen finsteren Kerker abwechselnd bei Wasser und Brot auf drei bis acht Tage.

Der Schwurgerichtshof verurteilte Franz Kupfmüller zur Zuchthausstrafe auf unbestimmte Zeit mit der vom Staatsanwalt beantragten Schärfung.

Straubing, 12. Juli 1851

Franziska Erlmayr war jene Person, die mit Franz Matzeder, welcher zu dieser Zeit schon hingerichtet war, in enger Freundschaft stand und der Matzederbande Unterschlupf gewährte als auch als Informantin diente. Sie wurde in einer späteren Gerichtsverhandlung auch verdächtigt, die gestohlenen Wertsachen von Matzeder und Reiter, welche am Kalten Brunn bei Simbach versteckt wurden, entwendet und sich angeeignet zu haben.

Der Kirchenwächter

Kirchenwachen auf dem Dorf und auf den Einöden waren vorgeschrieben. Die Wachpflicht bestand an allen Sonn- und Feiertagen während des vormittäglichen Gottesdienstes sowie bei der Christmette am Heiligen Abend. Die Kirchenwachen waren nicht nur Vorsichtsmaßnahmen gegen Überfälle und Einbrüche, sondern auch eine Hilfe in Krankheitsfällen im Haus und bei Unfällen im Stall. Mithilfe einer Dachglocke konnten damals bei manchen Höfen Notlagen angezeigt und Hilfe herbeigeholt werden. Während der Gottesdienstzeit befand sich nur die Bäuerin oder eine Dienstmagd zum „Haushüten" auf dem Anwesen. Das Kirchenwächteramt übertrug man einem ausgewachsenen Mannsbild, entweder einem Bauern oder einem vertrauenswürdigen Dienstknecht.

Von Zeit zu Zeit überprüften die Gendarmen, ob die Kirchenwächter ihren Dienst versahen. Jeden Sonntag kam ein anderer an die Reihe. Der Kirchenwächter hatte weder Gewehr noch Pistole, sondern war nur mit einem Stock ausgerüstet. Im Dorf ging er auf und ab, in den Einöden aber meldete er sich durch Anklopfen an Tür oder Fenster mit dem Rufe: „Patroi is da!"

Er wartete so lange, bis eine Antwort kam. Freilich konnte sich der Aufenthalt hinauszögern, wenn eine fesche Magd allein zu Hause war.

Am Schluss seines Dienstganges ließ der Kirchenwächter bei dem Bauern, der am nächsten Sonntag den Wachdienst ausführen musste, seinen Stock stehen.

Für seinen Dienst erhielt er zwar keinen Lohn, aber mancherorts ein Stamperl Schnaps, zu Ostern ein Ei oder in der Adventszeit ein Stück Kletzenbrot. Dass die Kirchenwache nicht überall regelmäßig durchgeführt wurde, ist aus einem Schreiben des Landgerichtes über die Handhabung der Ortswachen zu entnehmen.

„Nachdem schon mehrfach Anzeigen eingelaufen sind, dass zur Zeit des Gottesdienstes auf Einödhöfen und Weilern keine wehrhaften Männer patrouillieren und bloß Weiber, weibliche Dienstboten und Kinder zu Hause bleiben und da die in jüngster Zeit so häufig vorkommenden Diebstähle eine besondere Wachsamkeit erfordern, wird hiermit der § 158 der Instruktion für Gemeindevorsteher, wonach auf Einödhöfen und Weilern zur Zeit des Gottesdienstes ein wehrhafter Mann zur Wache gegen Sicherheitsstörungen zu Hause bleiben muss, wiederholt mit dem Bemerken in Erinnerung gebracht, dass gegen Ungehorsam mit energischer Strafe eingeschritten werden wird."

Mord ohne Sühne

Am 20. Januar 1852 pfiff der Westwind seit Stunden unaufhörlich durch die Ritzen der ärmlichen Dienstbotenkammer auf dem Hof des Großbauern Andreas Hinterleitinger zu Hinterleiting, zum Gerichtsbezirk Landau gehörend. Der typische niederbayerische Einöd- und stattliche Vierseithof befand sich in der Nähe der kleinen Ortschaft Aufhausen. Die 13-jährige Dienstmagd Viktoria lag fröstelnd auf ihrem Strohsack in eine grobfasrige Decke eingewickelt. Es war bereits vier Uhr morgens und es wurde Zeit für die Jungdirn aufzustehen, um das Feuer in der Küche zu entzünden und die Frühsuppn für die vielen hungrigen Mäuler, die auf dem großen Hof lebten, zu richten. Viktorias Eltern waren arme Häusler und Tagelöhner und so mussten sie, wie so viele andere in dieser schlechten Zeit, ihre Tochter schon mit neun Jahren zum Bauern in Dienst geben.

Viktoria stand als Jungdirn in der Hierarchie der auf dem Hof beschäftigten Dienstboten an unterster Stelle und so musste sie täglich als Erste aufstehen, um einzuheizen und sonstige Vorbereitungsarbeiten zu erledigen. Trotz der eisigen Kälte und der viel zu kurzen Nacht war sie in Vorfreude auf den neuen Tag gut gelaunt. Die Bäuerin hatte ihr am Vortag mitgeteilt, dass sie nach nunmehr einem halben Jahr wieder einmal ihre Eltern in Langgraben besuchen dürfe. Und so ging ihr heute die Arbeit besonders leicht von der Hand. Einheizen, Kühe melken, Stall ausmisten, einfüttern und das Mittagessen vorbereiten. Das Kochen selbst war Sache der Bäuerin. Nachdem man die Frühsuppe eingenommen hatte, durfte sie gemeinsam mit den anderen Dienstboten die heilige Messe in Aufhausen besuchen. Zur Sonntagsschule brauchte Viktoria diesmal ausnahmsweise nicht, da der Schulraum gerade umgebaut wurde. Die Bäuerin hatte der Dirn erlaubt, sich sofort nach der Messe auf den Weg zu ihren Eltern zu begeben, um wenigstens ein paar Stunden mit diesen zu verbringen, da sie ohnehin um vier Uhr nachmittags wieder zum Hof zurückkehren musste. Voller Vorfreude marschierte Viktoria von Aufhausen die

acht Kilometer nach Langgraben bei Simbach und kam dort noch vor Mittag auf dem ärmlich wirkenden Anwesen ihrer Eltern an.
Zur gleichen Zeit saß ein zwielichtiger Geselle, der Bauernsohn und Tagelöhner Franz Unertl, in der Winkelherberge Kahrer zu Simbach. In der verrauchten, nach Schweiß und Bier riechenden Wirtsstube trafen sich sonntags Dienstboten und sonstiges Gesinde zum Frühschoppen und Kartenspielen. Angesehene Bauersleute und Handwerker trafen sich freilich lieber beim Großökonom Apfelböck zum Sonntagsratsch und zum Handel, für den man unter der Woche keine Zeit hatte. So mancher Ackergaul oder sonstiges Vieh wechselte hier seinen Besitzer. In der Winkelherberge beim Kahrer wechselten höchstens ein paar schwer erarbeitete Kreuzer den Besitzer für Bier, Wein und billigen Schnaps, der das Leben der Dienstboten für ein paar Stunden etwas erträglicher erscheinen ließ. Auch der in Simbach und Umgebung verrufene und rauflustige Franz Unertl war an diesem Tag dem Schnaps mehr als sonst zugetan. Unertl war ein Schulfreund des berüchtigten Räubers Matzeder, der vor einem Jahr in Straubing hingerichtet wurde, und nicht wenige behaupteten, dass er der Bande von Matzeder angehört habe.
Indes verging für Viktoria die Besuchszeit auf dem kleinen Anwesen der Eltern viel zu schnell und es galt bald wieder für mindestens ein halbes Jahr Abschied voneinander zu nehmen.
Das Schicksal sollte es nicht gut mit der 13-jährigen Bauersdirn meinen. Dunkle Wolken bildeten sich am Horizont, ein eisiger Wind blies Viktoria unbarmherzig ins Gesicht. Schnellen Schrittes erreichte sie das nahe Simbach. Der Weg führte sie durch die bekannten engen Gassen und dicht gedrängte Häuser und hinab in nördlicher Richtung zum Ortsende, wo es über brachliegende Felder und Wiesen auf zugeschneiten Wegen durch hügelige Landschaft in Richtung Aufhausen ging.
Zur gleichen Zeit hatte auch Franz Unertl, wie er später aussagte, um einer angehenden Rauferei aus dem Weg zu gehen, die Winkelherberge verlassen. Auch er musste den Weg von Viktoria Hinterdobler einschlagen, um bei halber Strecke in Richtung Osten abzubiegen, der zu dem heimatlichen Hof führte.

Halben Weges von Simbach nach Aufhausen war das Mädchen unterwegs, als es immer näher kommende und schneller werdende Schritte hinter sich bemerkte. Unbeschreibliche Angst und ein eiskaltes Frösteln durchzogen ihren Körper. Irgendetwas sagte ihr, dass sie in großer Gefahr war und sie fing an zu laufen, wobei ihr die kalte Luft fast den Atem nahm. Aber das Unsichtbare hinter ihr kam immer näher und das Mädchen wagte nicht, sich umzudrehen. Nun trieb es ihr den Angstschweiß ins Gesicht und ihre Kraft begann zu schwinden. Weit und breit kein Haus, kein Hof, nur weite Ebene und undurchsichtiger Wald. Das Mädchen begann zu beten, ehe es kraftlos zu Boden fiel. Der Unbekannte hatte sie eingeholt und stürzte sich wie ein Verrückter auf sie. Das Mädchen bettelte in Todesangst um ihr Leben, aber ihr Peiniger hatte kein Mitleid. Unbarmherzig und äußerst brutal riss er ihr die Kleider vom Leib und verging sich an dem schreienden Kind.

Nicht genug damit, was er dem armen Ding schon angetan hatte, zog er auch noch sein Messer und stach ohne jegliches Erbarmen auf das vor Angst und Kälte zitternde und vor Schmerzen schreiende Mädchen ein. Am ganzen Körper Stiche und wieder Stiche, selbst das Gesicht wurde dabei nicht verschont, ehe das unschuldige Kind endlich im Blut liegend von seinen Schmerzen erlöst wurde. Keiner hatte etwas gehört oder gesehen, zu weit waren die rettenden Häuser entfernt, der Teufel in Menschengestalt hatte leichtes Spiel und er sollte auch noch ohne Strafe davonkommen.

Diese bestialische Tat löste in der ganzen Umgebung Entsetzen aus und es dauerte nicht lange, bis der verrufene Franz Unertl verdächtigt, verhaftet und von der örtlichen Gendarmerie verhört wurde. Er gab zwar zu, einen Teil desselben Weges wie die junge Magd gegangen zu sein, doch habe er wie immer nach einer gewissen Wegstrecke die Richtung zum elterlichen Hof eingeschlagen und seinen Rausch im Heustadel des Anwesens ausgeschlafen. Die Tat konnte ihm nicht nachgewiesen werden.

Der Mord an Viktoria Haidinger blieb ungeklärt und diese furchtbare Schandtat für immer ungesühnt.

Auszug aus der Grabrede

Ein Schrei des Entsetzens widerhallt in unserer ganzen Gegend und jedes Herz erbebt über eine Untat, die in unserer Nähe verübt wurde. Es ist eine Schandtat und eine Bluttat zugleich, wie sie widernatürlicher und schrecklicher kaum gedacht werden kann.

Dieses erbarmungswürdige Opfer, Geliebteste, ist ein Kind von 13 Jahren. Da die Verhältnisse es nicht erlaubten, dass es seine Jugendjahre an der Seite der Eltern hätte zubringen dürfen, da es dienen musste, so kam es, so oft es möglich war, Vater und Mutter zu besuchen. Sonntagnachmittags hatte es wieder die Freude, bei den Eltern zu sein. Nach 3 Uhr Nachmittag ging es wieder zu seiner Herrschaft zurück, aber dieser Gang war der Gang zu seinem Tode. Abseits von den Wohnungen der Menschen, am Rande eines Wäldchens, trat der Mörder an sie heran und ermordete sie auf brutalste Weise.

Steckbrief

Stephan Freilinger

geb. 1800, verwitweter Schneider, Häusler und Tagelöhner aus Gottholding, Landgericht Eggenfelden

Stephan Freilinger

13. April 1852 um 10 Uhr nachts:

Wenige Tage vor der Zwangsversteigerung des Freilinger-Anwesens fing der Holzschuppen Feuer und verbrannte mitsamt dem Wohnhaus. Freilinger war als höchst rachsüchtiger, bösartiger und durch und durch schlechter Mensch bekannt und drohte bei jeder Gelegenheit jedem, mit dem er in Feindschaft geriet, mit dem Anzünden seiner Habe.
Er gewährte über lange Zeit den Räubern Matzeder und Reiter Unterschlupf, versorgte sie mit Nahrung und Schießpulver.
Gegen Freilinger wurde mehrfach polizeilich geahndet: wegen Diebstahl, Raub und Hilfeleistung zum Verbrechen. Auch wurde er des Mordes an seiner Ehefrau verdächtigt.

12. März 1855 um 9 Uhr nachts:

Wieder brannte ein Holzschuppen und das Feuer bedrohte das neu erbaute Wohnhaus von Rosina Bichlmaier. Sie hatte Freilingers Heiratsofferte ausgeschlagen. Den Nachbarn gelang es, den Brand zu löschen und Freilinger wurde am Tatort gesehen.
Stephan Freilinger wurde gefasst und zum Tode verurteilt.

Der Feierdeife

Am 13. April 1852 wälzte sich ein Gottholdinger Bauer in seinem Bettkasten unruhig von einer Seite auf die andere. Er war wie gewohnt vor etwa einer Stunde mit seiner Frau in die Kammer hinaufgegangen und bald darauf mürrisch in den Schlaf versunken. Doch seine Ruhe währte nicht lange. Die Aufregung des vergangenen Tages ließ auch jetzt nicht von ihm. Sein zweiter Sohn hatte ihm offeriert, dass er eine Braut gefunden hatte, die so gar nicht nach seinem Geschmack war. Der Hundskrüppel hatte mit der Magd angebandelt und diese, man will es nicht für möglich halten, geschwängert. Schlimm genug – und man hätte die Angelegenheit sicher regeln können, aber ein dahergelaufenes, mittelloses Weib heiraten wollen, das kam überhaupt nicht infrage. Lieber verlor man einen der eigenen Söhne, als dass man das hart erwirtschaftete Sach so unsinnig aufs Spiel setzte. Sein Plan war ein anderer. Mit einer ausreichenden Mitgift, einem Anteil an Grund und Boden und der richtigen Hochzeiterin sollte auch der zweite einen ordentlichen Hof aufbauen. Die Jugend war eine schwierige Zeit. Da glauben die Kinder, es gäbe im Leben nichts Wichtigeres als die Liebe, egal welche „Drutschn" sie sich da ausgeschaut hatten. Doch er wusste es besser. Er hatte seine Mathil auch nicht geheiratet, weil sein Herz an ihr hing – er kannte sie kaum –, aber sie war eine gute Partie und wie sich herausstellte ein guter Mensch dazu. Sein Vater hatte damals für ihn die richtige Wahl getroffen und die Zuneigung kam später und war wirklich gewachsen.

Um 10 Uhr nachts kam er wieder zu sich, öffnete die Augen und sah in Gedanken besorgt zur Holzdecke hinauf. Es schien ihm hell, als wäre bereits der Morgen angebrochen. Als er den Blick zum Fenster richtete, schien gelbes Licht durch die kleinen Scheiben. Geistesgegenwärtig warf er das Oberbett zur Seite und stieg aus dem Kasten.

„Mathil, es brennt! Himmevater helf!", schrie er entsetzt, als er durch das Fenster das Feuer auf dem Nachbarsgrundstück lodern sah. Schnell war er in die Hose geschlüpft und stolperte die Treppe hinunter.

„Es brennt! Es brennt!", schrie er die Hausbewohner zusammen und sofort waren auch seine Söhne und die Dienstleut auf den Beinen, um zu helfen.

Der Bauer schickte Traudl, seine Magd, zu den weiteren Nachbarn, um sie zu wecken. Vor dem Freilinger-Haus gab es einen Brunnen, wo sofort Wasser geschöpft wurde. Männer kamen angerannt und schütteten es in Kübeln gegen die Feuersbrunst. Der Holzschuppen stand lichterloh in Flammen und hatte auch das gänzlich aus Holz gebaute Wohnhaus schon entzündet. Es schien verloren. Dichte Rauchschwaden wehten über den Hof. Seltsam, dass der Freilinger bei all diesem Tumult nicht herauskam. Vielleicht lag er bewusstlos in seiner Kammer. Ein Nachbar zerrte an der versperrten Haustür.

„Mir miaßn aufbrecha!", schrie er und bald darauf kam ein anderer mit einem Brecheisen.

Nach langem Wiegen und Biegen sprang die Haustür krachend auf und zwei Männer betraten rufend das Haus. Im Erdgeschoss hing zwar auch schon der Rauch in der Luft, aber noch war das Gebäude stabil. Es dauerte nicht lange, bis die beiden Männer die Räume überblickt und auch noch im Obergeschoss kurz die Schlafkammer einsehen konnten. Vom Eigentümer war keine Spur. Hustend stürzten sie wieder aus dem Haus.

„Do is neamd!", röchelte einer und schnappte nach frischer Luft. Trotz allem Bemühen fraß sich das Feuer durch das Holzhaus und den Nachbarn blieb der eine glückliche Erfolg, dass sie ein Überspringen der Flammen auf weitere Häuser verhindern konnten. Die Glut sprühte ihre Funken in den Nachthimmel und bedrohte noch lange das Nachbarhaus, das nur 15 Schritt entfernt stand. Es knackte und sprengte und die Leute sahen die Feuerflinserl in die Dunkelheit tanzen. Über Stunden war das ganze Dorf am Wasserschütten, bis das Haus allmählich in sich zusammenfiel. Die Hitze des Feuers hatte so manches Haar versengt, als die Männer sich in den frühen Morgenstunden erschöpft davonmachten. Bis zu diesem Zeitpunkt hatte keiner der Dorfleute es ausgesprochen, aber als die größte Gefahr gebannt war und die Gemüter zur Ruhe kamen, war die Frage nach der Ursache schnell klar: Er selbst hatte sein Haus angezündet – der Freilinger, der Eselschneider! Einige der Männer fanden sich verschwitzt und rußverschmiert beim hiesigen Bierbrauer ein, der ebenso mitgeholfen hatte und den Kameraden nun gerne die Krüge füllte. Benommen von der nächtlichen Löschaktion saßen sie um den Holztisch und wischten sich den Schaum vom Mund.

„Ihr wißts scho, wem ma des zum verdanken ham, oder?", fragte bald Karl Aicher, der seinen Blick nicht von der Tischplatte abwandte.

„I moan, des war da Freilinger selber, der Sauhund!", antwortete ein anderer.

„Des brauchst ned bloß moana, in oaner Woch wär des Haus gschätzt und dann versteigert wordn und iatz hod ers no schnell ozünd. Der hod doch oft oam mitm Sachozündn droht und bevor er jetzt selber sei Haus verliert, hod ers verdorbn. I sogs eich, i hob a solchane Wuat auf de Sau! Ned zum Ausdenga, wenn ma des ned so schnell gspannt hättn und des Feier auf andere Häuser übergsprunga wär. Am End wär no jemand verbrennt."

„Der hods ozündt und se dann ausm Staub gmacht."

„Gscheider is, dass er fuat is. Der Grattler, der verdorbne, is guad weida."

Der Feldhüter

Früher wurden zur Erntezeit die Felder von einem Feldwächter bewacht. Dieser musste darauf achten, dass keine Feldfrüchte gestohlen wurden und Tiere keinen Schaden anrichteten. Auch die Kinder wurden beobachtet, dass sie die Gänse nicht in ein Feld mit Kornmandln trieben oder sich beim Ährenlesen an die Schober heranmachten.

In einem Schreiben aus dem Jahre 1856 an alle Stadt-, Markt- und Landgemeinden hieß es:

„Bei Geschäftsreisen musste die Wahrnehmung gemacht werden, dass Gänse und Schweine frei auf den Feldern herumlaufen und die Feldzäune an vielen Stellen ruinös sind. Dieser Zustand muss abgestellt werden!"

Die Gemeindevorstände werden beauftragt:

1. Wo Flurwächter nicht aufgestellt sind, für Aufstellung derselben zu sorgen und die Namen der Aufgestellten anzuzeigen, um selbige verpflichten zu können.
2. Die Viehbesitzer anzuweisen, ihr Vieh, namentlich die Schweine, Gänse usw. von den Feldern fernzuhalten.
3. Überall, wo sich schadhafte Feldzäune zeigen, die Unterhaltungspflichtigen zur Herstellung anzuhalten und Widerspenstige anzuzeigen.
4. Gegen Flurfrevler gemäß Ausschreibung mit allem Ernste einzuschreiten.

In diesem Schreiben wurde weiter darauf hingewiesen, dass Flurfrevler der Behörde angezeigt werden müssen. Auch wurde das Überackern, Übermähen, Einhüten und Nachtweiden mit Geldstrafen von einem Gulden und Schadensersatz bis zu drei Gulden geahndet. Diese Gelder flossen in die Gemeindekasse.

Brandstifter und Mörder

Stephan Freilinger wurde im Jahr 1800 geboren und bewohnte zusammen mit seiner Ehefrau Anna ein bereits sehr altes und unansehnliches Haus in Gottholding nahe Eggenfelden. Von Beruf war er Schneider, doch waren die Kundschaften rar und er verbrachte mehr Zeit im Wirtshaus als in seiner Schneiderstube.

Trotzdem er ein kleiner, untersetzter Mann war, der wegen eines Klumpfußes am Stock ging, war er ein ansehnlicher Mann und wusste seine Behinderung durch besonderes Redevermögen auszugleichen. Neben seiner Ehe führte er so manches Verhältnis zu anderen Frauen. Insbesondere weil ihm seine Gattin keine Kinder gebar, wurde sein Hass auf sie mit den Jahren immer größer, bis er schließlich danach trachtete, sie umzubringen. Als Anna nach einer längeren Krankheit an Lungenentzündung starb, geriet Freilinger in Verdacht und wurde des Mordes angeklagt. Die Untersuchungen gegen ihn konnten jedoch die Tat nicht beweisen und so kam er wieder auf freien Fuß. Erst Jahre später, als Freilinger wegen Brandstiftung wieder vor Gericht stand, wurde auch diese Tat ruchbar. Seine spätere Geliebte, sein ehemaliger Schneidergeselle und ein Arrestgenosse, denen er den Mord sehr detailliert geschildert hatte, sagten als Zeugen gegen ihn aus; so endlich gestand er den Hergang folgendermaßen: Er witterte seine Gelegenheit, als Anna mit einer schweren Erkältung daniederlag und sich eine Lungenentzündung abzeichnete. Um die arme Frau weiter zu schwächen, überredete er sie zum Aderlass. Als dies noch nicht den erhofften Erfolg brachte, setzte er ihr weiter zu und ließ einen zweiten Aderlass machen. Als die Frau bewusstlos lag, schüttete er ihr einen Krug eiskaltes Wasser über den Kopf und öffnete Türen und Fenster, damit sie im kalten Luftzug lag. Diese Tortur überlebte die Todkranke nicht.

Bereits acht Wochen nach dem Begräbnis seiner Gattin stellte er in der Gemeinde wieder einen Antrag auf Verehelichung, der mit Empörung abgelehnt wurde.

Freilinger stand lange Zeit in Kontakt mit den Räubern aus Matzöd. Er gewährte ihnen Unterschlupf und versorgte sie mit Nahrung, Pulver und Blei. Durch seinen exzessiven Lebenswandel, Arbeitslosigkeit, Streitsucht und Vagabundieren war er inzwischen hoch verschuldet. Sein schäbiges Haus war weit über Wert mit Hypotheken belastet und er verdiente sich über lange Strecken sein Auskommen durch Komplizendienste für die Räuber. Mehrfach saß er auch kurzzeitig in Arrest.

Er sann darauf, durch einen Versicherungsbetrug wieder zu Geld zu kommen und ihm gelang, ungefähr ein Jahr bevor das Haus brennen sollte, die Versicherungssumme von vorher 150 auf 500 Gulden zu erhöhen.

Inzwischen ging er eine Beziehung mit der Bauerstochter Rosina Bichlmaier ein und versuchte auch mit ihr sein Glück auf der Gemeine und stellte wieder Bewilligungsanträge auf Verehelichung. Die Anträge wurden mehrfach abgelehnt.

Als nun 1852 zwei Haupthypothekengläubiger ihr Kapital zurückforderten, sollte das Haus versteigert werden. Für den 22. April war ein Termin zur Abschätzung der Gantmasse angesetzt – doch dazu kam es nicht. Das Haus mit Holzschuppen lag nach einem Brand am 13. April in Schutt und Asche.

Der dringende Verdacht der Brandstiftung ruhte natürlich auf Freilinger, doch war er nachweislich am Tag des Unglücks zum Aderlass in Eggenfelden, wo er bei Herbergsleuten sein Alibi hatte. In der Verhandlung vor dem Schwurgericht in Straubing benannte er selbst 18 Entlastungszeugen und kam schließlich wieder frei.

Mit dem Geld der Brandversicherung baute er auf dem Grundstück ein neues Haus auf, das einen höheren Wert hatte, aber auch seine Schuldenlast weiter vergrößerte und so wurde der Bau bereits 1853 wieder versteigert. Den Zuschlag bekam seine Geliebte Rosina Bichlmaier, die das Haus sogleich bezog, während Freilinger bei Tagelöhnern zur Untermiete ging.

Nachdem die Gemeinde auch dem sechsten Verehelichungsantrag nicht zustimmte, eröffnete Rosina dem Freilinger, dass sie nun nichts mehr mit ihm zu schaffen haben wollte. Freilinger war außer sich und drohte damit, ihr auch auf dieses Haus den roten Hahn aufzusetzen. Gegen mehrere Zeugen hatte er ausgesprochen, dass wenn aus dem Vorhaben, die Bichlmaier zu heiraten, nichts werde, „er das Haus derselben zu Staub und Asche zusammenbrennen wolle, und dass sie dann auch nichts haben dürfe, wie er nichts habe".

Als Schneiderlehrling auf der Stör

Meist freuten sich die Handwerker, wenn es auf die Stör ging. Um die Jahrhundertwende war es noch üblich, dass Schneider, Näherinnen, Sattler, Schuster, Maurer, Scherenschleifer und viele andere, die ihr Werkzeug mit sich tragen konnten, von Hof zu Hof zogen und dort gegen Verpflegung und bescheidenen Lohn ihr Handwerk verrichteten.

Dem kräftigsten Schneiderlehrling wurde die Nähmaschine mit Riemen auf den Rücken geschnallt, der schwächere trug das Bügeleisen. Weniger Mühe hatten Sattler und Schuster mit dem Werkzeug. Der Schuster fertigte Schuhe und Stiefel nach Maß, meist auch die

damals üblichen „Jahresschuhe", die den Knechten oder Dirnen als Teil des Lohns zustanden. Sattler hatten ihre Arbeit mit dem Zusammenflicken der Pferdegeschirre oder aber im Haus mit dem Aufrichten des Kanapees.

Trotz oft langen Fußmärschen über Feldwege und schlechte Straßen, im Winter manchmal erschwert durch knietiefen Schnee, wollte man den Tag ausnutzen und gegen 6 Uhr morgens auf dem Hof sein. Der Geselle, der mit seinen langen Schritten das Tempo bestimmte, nahm oft wenig Rücksicht auf die noch kurzen Beine eines jungen Lehrlings, der vielleicht erst 13 Jahre zählte. Nicht selten kam der Bub nassgeschwitzt auf dem Hof an. Unterhaltsame Gespräche über ernste und lustige Neuigkeiten erleichterten das lange, anstrengende Tagwerk. Der Arbeitsplatz der Schneider war in der Wohnstube, selten in der Wohnküche. Der Duft, der vom Kochherd zu den Schneidern drang, verriet schon vorher, was mittags auf den Tisch gestellt wurde. Das Essen war das gleiche, wie es auch die Dienstboten erhielten. Kartoffeln, Kraut, Brot, Mehlspeisen, wie zum Beispiel Dampfnudeln, waren fester Bestandteil in den Bauernküchen.

Die Schneider arbeiteten auf der Stör bis 19 Uhr, an dunklen Abenden beim Licht einer Kerze oder Petroleumlampe. Das Bügeln geschah mit einem Kohlebügeleisen. Eiserne Bügeleisen wurden mit glühenden Holzkohlen gefüllt, dann konnte damit das „scheene Gwand" in Form gebracht werden.

Blieben die Handwerker auf den Bauernhöfen über Nacht, so waren meist ihre Betten auf dem Gang aufgestellt, was nicht unbedingt zur Ruhe beitrug. Viele waren froh, wenn es endlich wieder in die heimische Werkstatt ging.

Dampfnudeln
für 4 Personen

Zutaten:

1 ½ Pfund Mehl

50 g Hefe

2 Eier

¼ Pfund Butter

½ Liter Milch

Das Mehl in eine Schüssel geben und in die Mitte eine kleine Vertiefung drücken. Die Hefe hineinbröckeln und mit lauwarmer Milch übergießen. Eine halbe Stunde gehen lassen, salzen, zwei Eier einschlagen und den Teig mit einem Kochlöffel anrühren. Ein Nudelbrett mit Mehl bestäuben, die Nudeln mit einem Esslöffel ausstechen, mit der Hand nachformen und auf das Brett legen. Mit einem Tuch überdecken und eine Stunde ruhen lassen. In einem Topf die Butter erhitzen, die Milch zugießen, leicht kochen lassen und die Nudeln vorsichtig nebeneinander einlegen. Den Topf mit einem Deckel verschließen und eine ¾ Stunde im Ofen ziehen lassen. In der Zeit auf keinen Fall den Deckel vom Topf nehmen.

Früher aß man hauptsächlich Kraut und gestandene Milch dazu.

Nomoi brennts

Am Abend des 12. März 1855 saß Rosina Bichlmaier in ihrer Wohnstube am Spinnrad. Doch sie war nicht allein, sondern in frohgelaunter Gesellschaft, da der Riedl Hans, der ehemalige Schneidergeselle Freilingers, sich verabschieden und am folgenden Tag auf Wanderschaft gehen wollte. Auch der befreundete Dienstknecht Simon Kastenhuber saß bei einem Krug Bier am Tisch und sie verloren sich in den alten gemeinsamen Erlebnissen. Wären sie zu dieser Jahreszeit gewöhnlich gegen acht Uhr in den Betten gelegen, so hatten sie es an diesem letzten gemeinsamen Abend gar nicht eilig. Für Hans war es das erste Mal, dass er sein Bündel schnürte und in das Land zog, um eine neue Dienststelle zu suchen. Nach seiner Lehre im Nachbarort hatte er beim Freilinger Anstellung gefunden. Er wusste damals nicht, was ihn erwarten würde. Freilinger war ein jähzorniger Herr und obwohl der Geselle für die wenigen Aufträge viel Zeit aufwenden konnte und alles mit größter Sorgfalt ausführte, gab es das ganze Jahr nur Schelte und nicht selten ein paar Watschen dazu. Zu aller Schande hatte ihn sein Meister um den verdienten Lohn betrogen. Von dem Geld der Kunden sah er im Monat nur ein paar Gulden fürs Auskommen, und der Großteil ging für Bier und Schnupftabak drauf. Trotzdem der Geselle nichts als ein paar Münzen im Beutel trug, war er an diesem Abend so froh wie seit langer Zeit nicht mehr. Er hatte mit Gottholding abgeschlossen. Er war jung und wollte nun neu anfangen. Den nächsten Dienstherren würde er sich genauer anschauen und es konnte nur besser kommen!

Kurz vor neun Uhr hörten die drei vor der Haustüre, auf der Nordseite des Hauses, wo sich auch der Eingang zum Holzschuppen befand, einen Kracher, dem sie aber weiter keine Bedeutung schenkten.

Als sie aber dann von draußen noch weitere Geräusche wahrnahmen, als würde sich dort jemand herumtreiben und zu schaffen machen, bat die Bichlmaier die beiden Männer nachzusehen. Sie gingen zur Haustür und schauten hinaus, doch da war es wieder ruhig und sie sahen niemanden. Als der Schneider schon wieder umkehren wollte, bemerkte Kastenhuber plötzlich, dass Flammen durch einen Spalt am oberen Türkegel züngelten.

„Es brennt! Es brennt!", schrie Riedl und eilte sofort zum Brunnen, wo glücklicherweise der Trog voll Wasser stand und er deshalb einfach herausschöpfen konnte. Auch Rosina Bichlmaier stürzte aus dem Haus und schrie laut um Hilfe. Das Feuer hatte sich im Schuppen Gott sei Dank noch nicht weit ausgebreitet. Nur eine Seite, auf der Ofenholz aufgeschichtet war, brannte heftig und die Flammen kletterten züngelnd die Bretter der Rückwand hinauf. Schnell waren ein paar Männer aus der Nachbarschaft herbeigelaufen und es schien schon nach kurzer Zeit überstanden, als plötzlich der Heuboden im Giebel der Holzhütte gelb leuchtete. Das Feuer hatte sich doch nach oben gearbeitet, konnte aber ebenfalls mit gemeinsamer Mühe gelöscht werden.

Auszug aus dem Bericht über die Verurteilung des Stephan Freilinger aus der Landshuter Zeitung von 1856:

> Bei der gerichtlichen Besichtigung der Brandstellen zeigte sich, dass in einem der dort aufgeschichteten Wiedbünden ein Papier mit Pulver gefüllt und mit einem Bindfaden umwickelt steckte. Auf dem Boden lagen mehrere zum Teil schon verbrannte Stroh- und Heubüschel sowie verkohlte kleine Prügel herum. Auch fand der Knecht Xaver Winkler schon am Tage nach dem Brande ein gleiches Paket Pulver zwischen Wiedbünden in dieser Holzkammer versteckt, welches zu Gerichtshänden kam.
> Freilinger leugnet, diesen Brand gestiftet zu haben und will die Schuld auf die Rosina Bichlmaier und den Johann Riedl wälzen. Gegen diese konnten aber keine Verdachtsgründe gefunden werden, desto mehr stehen aber gegen Freilinger. Abgesehen davon, dass denselben die allgemeine Stimme zu Gottholding als Urheber dieses Brandes bezeichnete,

welche ihren Grund in dem bekannten bösartigen und rachsüchtigen Charakter des Freilinger und dessen bekannten Hass gegen die Bichlmaier und ihre nächsten Nachbarn, den Gemeindevorsteher und Gemeindpfleger hatte. Freilinger wusste nämlich, dass der Gemeindevorsteher gegen sein Verehelichungsgesuch war, und hatte sich vor der Abweisung seines Gesuches zu dem Knecht des Gemeindepflegers, nämlich zu Simon Kastenhuber, geäußert, dass, wenn ihm die Verehelichungsbewilligung versagt werde, er das Haus seiner Braut zu Staub und Asche zusammenbrennen werde. Zu Lorenz Hanneder sagte er: Wenn aus seinem Gesuche nichts werde, so dürfe die Bichlmaier auch nichts haben, wie er nichts habe. In ähnlicher Weise äußerte er sich in Gegenwart der Zeugen Simon Winkler und Mathias Englhart. Am Tage vor Ausbruch des Brandes sagte er zu Johann Riedl, dass er das Haus der Bichlmaier noch wegbrenne. Auch sagte er früher schon einige Male, als er böse auf sie war, er mache es ihr, wie er es mit seinem Hause gemacht habe. Als Rosina Bichlmaier einige Wochen vor diesem Brande eben im Wohnzimmer einheizte und Freilinger neben ihr stand, sagte er zu ihr: „Weibsbild! Da stehen wir beieinander, merke dir's: Wenn du und ich nicht zusammenkommen, so muss dein Häusl zu Staub und Asche wegbrennen, wie das erste!"
Solche Drohungen ließ er noch öfter gegen sie fallen. Nach der Aussage der Herbergsleute, bei denen er am Tage des Brandes wohnte, war er den ganzen Tag vor dem Brande hindurch auffallend unruhig, ging bald aus, bald ein, machte sich öfter im Hause der Bichlmaier, wohin er auch in ihrer Abwesenheit gelangen konnte, etwas zu schaffen. Schon nachmittags um vier Uhr sah ihn der Bauernknabe Sebastian Kunrad in die Holzhütte der Bichlmaier hineingehen und als Freilinger den Kunrad erblickte, sagte er zu demselben ohne alle Veranlassung, dass er einen Prügel in seine Truhe hineinbrauche. Diesen Vorfall leugnete Freilinger durchaus.

Es wurde erhoben, dass Freilinger vor dem Brande Pulver besaß, was derselbe jedoch entschieden in Abrede stellt. Nach dem Brande fand sich bei demselben keines mehr. Nach Angabe der Hausleute des Freilinger konnte derselbe sich zur kritischen Zeit unbemerkt aus dem Hause derselben entfernen und wieder zurückkehren. Dasselbe befand auch der Lokalaugenschein und ist dieses Haus nur 23 Schritte vom bichlmaierschen entfernt. Als der Feuerlärm entstand, wurde Freilinger noch besonders von seinem Hausherrn von dem Statthaben des Brandes in Kenntnis gesetzt, fand sich aber durchaus nicht bei der Brandstätte ein.

Im Monate April 1855 äußerte sich Freilinger gegen seinen Mitarrestanten Satzinger, dass es ihn reue, nicht das ganze Dorf niedergebrannt zu haben. Er sei schon einmal wegen Brandstiftung und Mordes gesessen, habe sich aber hinausgelogen, fürchte nur die Zeugen Riedl und Bichlmaier, werde übrigens alles auf diese hinaufschieben.

Es befand sich seit den Verhandlungen gegen die Räuber Matzeder, Reiter und dergleichen Gelichter nicht wohl ein Angeschuldigter auf der Anklagebank, der mit mehr Frechheit sich benommen hatte, wie Stephan Freilinger. Gleichsam zum Hohne gegen die Wichtigkeit der Sache hatte er nicht weniger als 34 Entlastungszeugen, insbesondere bezweckend die Unglaubwürdigkeit des Zeugen Hans Riedl, in Vorschlag gebracht. Kein einziger dieser Zeugen wusste und konnte eine Silbe von den ihnen durch Freilinger supponierten Tatsachen bestätigen, obgleich dieser mit der staunenswertesten Raffiniertheit deren Gedächtnis durch Rückerinnerung an andere minder wesentliche Umstände aufzufrischen, sie gleichsam zum Bewahrheiten seiner Einlenkungen zu zwingen suchte. Mehrere dieser Zeugen aber sagten nicht bloß nicht zu seinen Gunsten aus, sondern deckten Tatsachen bezüglich des Ablebens seiner Ehefrau auf, die den Freilinger sehr unangenehm berührten. In dieser Hinsicht gab auch Zeuge Riedl an, Freilinger habe einmal im berauschten Zustande geäußert, er habe seinem Weibe, um sie wegzubringen, eine Aderlässe geraten und ihr dann, hoffend, es werde wirken, recht viel Schweinefleisch zu essen gegeben. Als ihr dieses nichts schadete, habe er sie zu einem zweiten Aderlasse veranlasst und ihr unmittelbar ein Schaff voll kalten Wassers über den Kopf geschüttet. Dies hätte sie dann zusammengeworfen. Die Antworten Freilingers beweisen, dass er würdiger und gelehriger Genosse des Franz Matzeder war, denn seine Antworten, z. B. auf den Vorhalt, dass das Gerücht ihn als Brandstifter bezeichne, sind deshalb zu bezeichnend. Er gibt eine Definition des Begriffs „Gerücht", deren sich ein angehender Philosoph nicht zu schämen bräuchte. So sehr übrigens Stephan Freilinger am ersten Tage gegenwärtiger Verhandlung vom besten Mute für den glücklichen Ausgang seiner Sache beseelt zu sein schien und diesem Mute durch barsches Auftreten und Dramatisieren Luft machte, in ebenso hohem Grade verließ ihn der Mut am heutigen Tage; er mochte wohl die Hoffnungslosigkeit seiner Verteidigungsbemühungen einsehen und wurde deshalb ganz einsilbig und niedergeschlagen.

Der königliche Staatsanwalt hielt die Anklage in jeder Beziehung aufrecht. Der Verteidiger bekämpfte das Vorhandensein genügender Verdachtsgründe, um daraus eine Überzeugung der Schuld begründen zu können. Bei der zweiten Brandstiftung hob er ferner noch hervor, dass zur Zeit, als die Brandlegung geschah, die Landleute noch keineswegs im Schlafe sich befinden, daher objektiv nur eine Brandstiftung II. Grades vorliege.

Die Geschworenen erklärten den Stephan Freilinger durch ihren Obmann, Hrn. Anton Hofmann, schuldig

a) des Verbrechens der Brandstiftung I. und höchsten Grades, verübt im Jahre 1852

b) der Brandstiftung I. Grades, begangen im Jahre 1855.

Das Urteil des Schwurgerichtshofes lautete nach Antrag des königlichen Staatsanwalts auf Todesstrafe.

Die Räuber in der Straubinger Fronfeste

Seit ihrer Festsetzung im August 1853 und der Einlieferung in die Fronfeste zu Straubing saßen die Raubmörder Klingsohr, Harlander und Unertl, wie schon zuvor Matzeder und Reiter, dort ein. Auch die drei mussten diese ungemütliche Behausung ertragen. An Händen und Füßen mit Ketten gefesselt, war ihr Bett ein einfaches Holzbrett. Feuchtnasse Wände, katastrophale hygienische Verhältnisse und ein unerträglicher Gestank hatte sich in den Keuchen seit Jahrzehnten festgesetzt. Die Fronfeste mit ihren zwei Türmen und der angebauten Wohnung für den Eisenmeister war Teil der nördlichen Stadtbefestigung am unteren Rain. In einem der Türme war das Verhörzimmer und im zweiten die Zelle für Verbrecher, die unter strengsten Gewahrsam gestellt wurden. Im Verbindungsbau befanden sich viele Keuchen für die Häftlinge. In dieser Hölle auf Erden saßen die drei wegen gemeinschaftlich begangener Verbrechen nun an Ketten geschmiedet ein und warteten auf ihren Prozess.

Klingsohr, der schon im Januar 1853 festgesetzt wurde, erkrankte hier an einem schweren Lungenleiden. Dem Tode nahe reuten ihn seine Verbrechen und er wollte sich von seinen Sünden erleichtern, indem er ein volles Geständnis über all die begangenen Taten ablegte. Da er seine Kumpanen namentlich preisgab, trug er so maßgeblich zu deren Festsetzung bei.

Die Verhandlung gegen Franz Unertl und Xaver Harlander

Straubing, 12. Dezember 1852
Schwurgericht für Niederbayern

1. Raubmord an Mathias Plinninger

Als am 3. Jänner 1849 frühmorgens die Bauerstochter Maria Plinninger mit einem Wasserschaffl zur Haustüre hinausgehen wollte und dieselbe geöffnet hatte, kamen ihr vier Kerle mit Flinten und Pistolen bewaffnet entgegen, wovon zwei sie sogleich ins Hausflez zurückdrängten, zu Boden warfen und mit Gurgelabschneiden drohten. Sie hörte nur ein Paar Pritscher, als ob gehauen würde, gleich darauf einen Schuss und den Ruf eines Räubers: „Einer ist schon gelähmt."

Als die Räuber Licht gemacht hatten, sah sie ihren Vater röchelnd in einer Lache Blut im Flez liegen. Darauf wurde sie gebunden liegen gelassen und ihr toter Vater zur Tür herein aufs Gesicht mit der Äußerung von einem der Räuber geworfen: „Da leg dich her, du alter Lump!"

Während nun einer der Räuber zu ihrer Bewachung zurückblieb, begaben sich die übrigen drei in die oberen Kammern und schlugen die Türen mit furchtbarem Gepolter ein. Bald kam ein Räuber wieder herab, fragte sie, wo ihr Vater sein Geld habe, drohte ihr auf die Beteuerung des Nichtwissens mit dem Erschlagen, gab ihr mit der Hacke eine auf den Hintern und beauftragte den zur Wache Zurückbleibenden, wenn sie sich rühre, sie zu erschießen. Während nun dieser in die Stube hinein, der Erstere wieder auf den Boden hinauf ging, machte Maria Plinninger sich von den Banden los, entwischte durch eine Seitentüre und weckte die Nachbarsleute auf, die durch einen blindlings abgefeuerten Schuss die Räuber versprengten. Sie verfolgten selbige wohl gegen den Wald hin, jedoch ohne Erfolg, außer dass sie ihnen zwei der entwendeten Bündel mit Leinwand und Kleidern abjagten.

2. Raub an Eva Maier

Während die Eder-Bäuerin Eva Maier zu Dreiprechting am 9. Jänner 1849 abends zwischen 5 und 6 Uhr mit ihrer Tochter Magdalena, ihrer Magd Maria Müller und ihrem Knechte Josef Mauerer in der Wohnstube bei Tische saß, entstand im Stalle Getöse. Der Knecht ging hinaus, wurde aber, als er die Stalltür öffnete, sogleich mit Schlägen misshandelt. Auf seinen Hilferuf und als eben die Magdalena Maier die Stubentüre öffnete, wohin sich der Knecht zurückflüchtete, fiel ein Schuss, der den Knecht und Letztere jedoch nicht lebensgefährlich verwundete. Magdalene Maier und die Magd wollten durch die Haustüre entfliehen, wurden jedoch durch einen draußen stehenden Räuber zurückgescheucht, wobei wieder ein Schuss, jedoch ohne Erfolg, fiel. Hierauf eilten die Bäuerin und ihre Tochter über die Stiege hinauf, ebenso die Magd. Die Bäuerin, deren ältere Tochter sowie der dazugekommene Knecht wurden hier von zwei nachgefolgten Räubern mit dem Flintenschaft geschlagen, worauf der Knecht bewusstlos zusammensank. Die Bäuerin und ihre Tochter eilten herab, wurden aber auch hier, als sie bei der hinteren Haustüre hinauswollten, von einem mit einer Pistole bewaffneten Räuber aufgehalten und gezwungen, sich auf den Boden hinzulegen. Währenddessen entwendeten die übrigen Räuber an Geld ungefähr 31 Gulden, dazu einige Kleider. Die Räuber ließen in der Eile des Abzuges einen Tuchmantel, eine Pistole, Gewehrlauf und Stücke eines zerschlagenen Schaftes zurück. Nach der Aussage von Klingsohr waren hier neben ihm noch Harlander und Matzeder beteiligt.

3. Widersetzung gegen den Gendarm Josef Kaiser

Xaver Harlander war in Folge seiner großen Sicherheitsgefährlichkeit auf zwei Jahre unter besondere Polizeiaufsicht gestellt und ihm der Wirtshausbesuch strengstens untersagt. Dessen ungeachtet kam er freitags, den 28. März 1851, früh um 7 Uhr in das

Wirtshaus zu Diepoldskirchen und blieb dort bis in den Nachmittag. Als nun Gendarm Josef Kaiser, welcher um 1 Uhr in dieses Wirtshaus hinkam, ihn arretieren wollte, widersetzte er sich dadurch, dass er den Gendarmen durch Schläge mit einem halb gefüllten Maßkrug und mit den Fäusten so tätlich misshandelte, dass seine Uniform zerrissen und sein Leib voll blauer Flecken war. Dies ist durch Tatzeugen sichergestellt. Dessen ungeachtet aber leugnet Xaver Harlander auch diese Tat.

4. Raub an Josef Ortner zu Grub

Am Sonntag, den 21. Jänner 1849, hatte sich der 77-jährige Besitzer des Einödhofes zu Grub, k. Ldg. Eggenfelden, Josef Ortner, nebst Dienstboten in den vormittägigen Gottesdienst fortbegeben; der Sohn Josef Ortner, welcher die Hauswirtschaft führte, war allein zu Hause. Nach kurzer Zeit gewahrte er plötzlich durch das Fenster von der Wohnstube aus vier oder fünf Kerle, welche im Hofraum standen und von denen einer, der auf dem Düngerhaufen stand, mit dem Gewehr auf den Hausschrot hinauf zielte. Von den andern bemerkte er, dass sie mit einer alten eichenen Säule auf die Rossstalltüre zugingen und gleich darauf hörte er, dass sie mit derselben gewaltsam auf die Türe stießen. Zwei von ihnen waren ebenfalls mit Flinten bewaffnet. Josef Ortner eilte nach den beiden geladenen Hausgewehren und feuerte sie, statt sich ihrer zweckmäßig zu bedienen, blindlings in die Luft ab, flüchtete sich sodann auf den Kuhstallboden und versteckte sich dort, ohne von den Räubern gefunden zu werden. Diese erbrachen nun im Hause Türen und Behältnisse, nahmen ungefähr 50 Gulden Geld und ebenso 5 Ellen Leinwand sowie viele Kleidungsstücke und eines der Hausgewehre mit. Während er den ersten Schreckschuss machte, hörte er diejenigen, welche mit Einstoßen der Türe beschäftigt waren, einem ihrer Genossen mit der Flinte zurufen:

„Schieß nur zu! Schieß ihn tot!"

Nach einem Aufenthalte von etwa einer halben Stunde entfernten sich die Räuber, weil die Leute aus der Kirche kamen, nach dem

> Eggenfelden und Franz Unertl, 41 Jahre alt, lediger Bauerssohn von Stadel bei Simbach, sind noch Ueberbleibsel jener Bande, welche in den Jahren 1844 bis 1849 die Sicherheit des Eigenthums im Umkreise eines großen Theils von Niederbayern gefährdet hatte, und an deren Spitze die berüchtigten vor zwei Jahren durch das Schwert hingerichteten Franz Matzöder und Johann Reiter standen.
>
> Die Verbrechen, welche den heute vor Gericht gestellten Angeklagten zur Last gelegt werden, sind folgende:
>
> I.) dem Xaver Harlander,
>
> a) Verbrechen des Raubes IV. Grades verübt am 31. Jäner 1849 Morgens 7 Uhr an dem Bauern Math. Plinninger zu Breitreit nach aus gemeinschaftlichem Interesse mit Mehreren gefaßten Beschlusse, und Verabredung gegenseitigen Beistandes, dadurch, daß er mit dem geschwärzten Gesichte, mit einer Flinte bewaffnet, eingedrungen ist, wobei dieser durch einen Schuß getödtet, dessen Tochter mit Erschlagen bedroht, sofort nach gewaltsamer Oeffnung der Behältnisse, Mehreres an Geld und Effekten entwendet wurde.
>
> b) erschwertes Verbrechen des Raubes III. Grades am 9. Jäner 1849 Abends zwischen 5 und 6 Uhr nach aus gemeinschaftlichem Interesse mit Mehreren gefaßten Beschlusse u. nach Verabredung zu gemeinschaftlicher Ausführung und gegenseitigen Beistandes verübt dadurch, daß, um zu stehlen, in die Wohnung der Bäuerin Eva Mair zu Deibrechting eingebrochen, mehrere Hausbewohner thätlich mißhandelt und Mehreres an Geld und Effekten entwendet wurde,
>
> c) erschwertes Verbrechen des Raubes III. Grades ebenfalls unter den in sub b. erwähnten Umständen verübt am 21. Jäner 1849 mit Mehreren unter Vermummung der Gesichter in der Wohnung des Bauers Jos. Offner zu Grub, wobei der Bauerssohn Joseph Offner mit Schießgewehr bedroht, und circa 100 fl. Geld, dann Kleider ꝛc. entwendet wurden;

nächstgelegenen Hölzchen unter Zurücklassung eines Hutes und Stockes. Josef Ortner eilte ihnen nun nach, als sie ihn aber bemerkten, rief ihm einer der Räuber zu umzukehren, sonst würde er in der Mitte auseinandergeschossen, worauf Ortner zurückwich, hierbei aber einen Schuss rückwärts erhielt, der aber die Haut nicht durchdrang. Die Räuber waren, wenigstens einige derselben, vermummt und mussten, da sie unter die von der Kirche heimkehrenden Leute gerieten, einen Teil des Raubes zurücklassen und die Flucht ergreifen. Hier führte die Aussage des Heinrich Hierlander zuerst auf die

Spur der Täter. Derselbe verfügt nämlich über ein ihm von Augustin Klingsohr gemachtes Teilgeständnis, wonach er, Klingsohr, Franz Matzeder, Xaver Harlander und ein Bursche aus der Gegend von Simbach bei Landau die Räuber waren. Der Letztere wurde später dem Gerichte als Franz Unertl mit Namen bekannt. Klingsohr und Matzeder sind, wie schon erwähnt, bereits tot. Die Anklage ist daher nur auf Xaver Harlander und Franz Unertl gerichtet. Unertl ist ein Mensch vom schlechtesten Leumunde und war schon wegen Raubes IV. Grades und wegen Diebstahls in Untersuchung.

Sämtliche Burschen hielten sich damals ohne Erwerb in der Nähe von Grub auf und waren unter sich sehr gut bekannt. Später legte Klingsohr selbst auch wegen dieses Raubes unumstößliche Bekenntnisse ab, wonach Xaver Harlander die Gelegenheit zum Raube verriet und Unertl den Räubern täglich Bier in ihre Schlupfwinkel brachte, Matzeder der Bursche war, welcher im Hofe auf dem Misthaufen stand und Klingsohr und Unertl in den Pferdestall einbrachen, Xaver

Harlander aber Wache hielt und nach vollbrachtem Raube ein Hausgewehr mitnahm und dafür den Stock zurückließ. Als sie im benachbarten Wäldchen die silbernen Knöpfe aus den gestohlenen Kleidern schnitten, sei Ortner gekommen, worauf Unertl sein Gewehr auf ihn anschlug und ihn verscheuchte. Xaver Harlander und Franz Unertl verharren jedoch immer beim Leugnen, ohne sich über ihren anderweitigen Aufenthalt ausweisen zu können.

5. Körperverletzung an Joseph Brem

Am 9. März 1851, nachts 11 Uhr, geriet Franz Unertl mit Joseph Brem, Zimmerergeselle von Wisselsdorf, im Wirtshause zu Wildthurn in Streit. Die Ursache war wohl hauptsächlich der Umstand, dass Letzterer gegen Unertl am Tag zuvor Zeugenschaft geleistet hatte. Im Streite zog Brem sein Messer und Unertl bediente sich einer Bank, um nach seinem Gegner zu stoßen. Der Streit wurde beigelegt, worauf Unertl unter dem Geschrei, dass er von Bewaffneten bedroht werde, in die Wohnung des Revierjägers Diebel zu Wildthurn eindrang, einen Hirschfänger an sich nahm und mit demselben in das Wirtshaus zurückeilte, wo er ohne weitere Veranlassung auf Brem einhieb und ihm mehrere Wunden, namentlich am Kopfe, beifügte, die ihn vierzehn Tage arbeitsunfähig machten. Brem zog hierauf sein Messer, wehrte sich, brachte den Unertl zu Boden und versetzte ihm drei Stiche in den Rücken, welche ihn acht Tage gänzlich und einundzwanzig Tage teilweise arbeitsunfähig machten. Brem ist deshalb auch in die öffentliche Sitzung des königlichen Kreis- und Stadtgerichts Straubing zur Aburteilung verwiesen worden. Dieser Tatbestand ist durch die bestimmtesten Zeugenaussagen außer Zweifel gestellt. Dessen ungeachtet behauptet Unertl, er habe den Brem nicht verletzt, derselbe müsse sich selbst an seinem Messer verletzt haben. Allein die Wunde an der Hand ist nicht von innen, sondern von außen beigebracht und ebenso gewiss ist, dass die Kopfverletzungen von absichtlichen Misshandlungen herrühren.

Die Bänkelsänger

Zu einer Zeit, in der ein Großteil der Bevölkerung weder lesen noch schreiben konnte, gab es allerhand findige Leute, die übers Land zogen und sich auf die Dorf- oder Marktplätze stellten, um Kurioses darzustellen. Um vom neugierigen Publikum besser gesehen zu werden, stellten sie sich auf einen Schemel – ein „Bankerl". Daher stammt wohl der Begriff Bänkelsänger. Sie brachten die meist schaurigen Geschichten von Raub, Mord und Hinrichtungen in Moritatenform dar. Auch wenn diese Vorträge oft nur als Gaudium für die Menschen dienten, darf jedoch nicht vergessen werden, dass sie viele interessante Neuigkeiten verbreiteten, die den Menschen sonst nicht zugänglich gewesen wären. Der Bänkelgesang wurde vielfach sogar illustriert. Die Sänger trugen Tafeln mit sich, die oft grell bemalt waren. Die schaurigen Vorträge mit aktuellem oder historischem Inhalt wurden lauthals vorgesungen und die Menge erfuhr Staunenswertes über Morde, Diebstahl, Raubüberfälle und anstehende Hinrichtungen. Der Bänkelgesang wuchs zu einem guten Geschäft heran, als man die Texte drucken ließ und sie dann nach den Vorträgen verkaufte. Die von den Bänkelsängern meist anonym verfassten Liedtexte wurden als Moritaten bezeichnet. Der Begriff Moritat ist wohl durch gedehntes Singen des Wortes Mordtat entstanden.

Räuberlied

Ein Lied, wie es von Bänkelsängern auf den Stadt- und Marktplätzen gesungen wurde:

Hört mir zu, ihr lieben Leut,
was ich euch erzähle heut.

De Gschicht von a wuidn Räuberbande,
die brachte in ganz Bayern Schande.

Der Hauptmann heißt Matzeder Franz,
er führet auf den Teufelstanz.

Brutal und auch noch hundsgemein,
schlug er so manchen Schädel ein.

Wer sich ihm gegenüberstellt,
war tot und weg von dieser Welt.

Es warn drei wuide Räubersleut,
ein Leben ihnen nichts bedeut,

versteckten sich im tiefen Wald,
beim Überfalle, sie eiskalt.

Ob Bürger, Bauer, Handelsmann,
sie hielten jeden Wagen an.

Ob Kinder, Frau oder auch Mann,
sie raubten, was man rauben kann.

Gendarmen wurden nur verlacht,
weil das den Räubern Spaß gemacht.

Auch Wildern fiel nicht allzu schwer,
sie hatten ja ein Schießgewehr.

Und wie sind sie dazu gekommen?
Dem Jäger wurd es abgenommen.

Er wollts Matzeder gar nicht geben,
dafür bezahlte er mit Leben.

Und als die Räuber einst bei Nacht,
einen jungen Bauern umgebracht,

gejagt, von Gendarmerie und Militär,
da wurds für diese Bande schwer.

Ein zweiter Bauer nur verletzt,
half, dass man sie nun festgesetzt.

Gepeinigt und in schweren Ketten,
mussten die Räuber nun ihr Dasein fretten.

Der Tod vor Augen ihnen steht,
weil es nun in die Hölle geht.

Gefahren werden sie zum Hagen,
nun müssen sie den Tod ertragen.

Die Augen werden schnell verbunden,
zu viele Menschen sie geschunden.

Und ehe man sich noch versah,
da lagen ohne Kopf sie da.

Zu Haus die Schand nicht zu ertragen,
beladen wurd der Leiterwagen.

Sie zogen in ein fremdes Land,
das Ziel bis heute nicht bekannt.

Und die Moral von der Geschicht:
Ein Räuberleben lohnt sich nicht!

Refrain

Räuber, Mörder, Delinquent,
so hams an Matzeder gnennt.
Räuber, Mörder, Halsabschneider,
so hoast da Matzeder Raiber.

Matzeder und Reiter im Wachsfigurenkabinett

Die Bekanntheit der Matzöder Räuber erstreckte sich bereits zu Lebzeiten über ganz Altbayern. Noch im Jahr ihrer Hinrichtung wurden Matzeder und Reiter in Wachs geformt und zählten zu den besonderen Attraktionen in einem Regensburger Wachsfigurenkabinett.

Die angefügte Anzeige im Donaukurier von 1852 nennt die Räuber neben Plastiken von z. B. Kaiser Napoleon auf dem Sterbebett oder Lola Montez, der Geliebten des bayrischen Königs.

Im 19. Jahrhundert gehörten Wachsfigurenkabinette zu beliebten Unterhaltungsmöglichkeiten. Ebenso wie bei anderen Kuriositäten dieser Zeit, gab es fest installierte Kabinette, ebenso auch sogenannte Wanderkabinette, die von Ort zu Ort zogen.

Der Regensburger Künstler Joseph Hammer gründete 1826 eine Werkstatt für Wachsbildhauerei. Seine Werke galten schon in den 30er-Jahren als spektakulär. Hammer war als Wanderaussteller in vielen bayrischen Städten unterwegs und zeigte interessante Persönlichkeiten der Politik, der Gesellschaft sowie Kirchenvertreter, wie amtierende Bischöfe. Die Ausstellungen zogen das Publikum magisch an und waren oft die Hauptattraktion auf Volksfesten.

Der Zuspruch zeigte sich in anerkennenden Berichten der großen bayrischen Tageszeitungen wie der Bayrischen National-Zeitung, Münchner Tagespost, dem Nürnberger Tagblatt, Donau-Kurier und vielen mehr.

1839 zeigte er in München unter anderem folgende Persönlichkeiten in Lebensgröße: den Herrn Jesus Christus, den verstorbenen König Maximilian I. Joseph von Bayern, die Bischöfe von München und Regensburg, Feldmarschall Wrede sowie Wallenstein, Tilly und Napoleon.

Ein Auszug eines Zeitungsberichts:

... Diese Kunstgebilde in Lebensgröße erregen durch ihre sprechende, mit täuschender Wahrheit ausgeführte Persönlichkeit im unglaublichsten Grade ein wahrhaft wohltuendes, erhebendes und erfreuendes Staunen. Es ist eine Lieblichkeit in dem Ausdruck seiner Figuren, eine Natürlichkeit in der Farbgebung, die sich durch einen unsäglichen Reiz des Gemütes bemächtigt. Herrn Hammers Arbeiten beurkunden Kunst, Sorgfalt, Fleiß in höchster Potenz. Herr Hammer gehört zu jenen Geistern, die sich einen eigenen Weg bahnen und sicher auf ihm zum Ziele der Unsterblichkeit wandeln. ...

Wachsfiguren in Lebensgröße
nach den getreuesten Porträts.

1) Erzherzog Johann, Reichsverweser. 2) Fürst Lichnowski. 3) Kaiser Napoleon auf dem Todbette. 4) Thekla, Wallensteins Tochter. 5) die Königin Donna Maria da Gloria. 6) Lola Montez.

In einem gesonderten Lokale:

1) Franz Magöder aus Magöd, und 2) dessen Spießgeselle Franz Reiter, beide wegen Raubmords am 23. Juni in Straubing hingerichtet (außerordentlich wohlgetroffen.) 3) Stopfer Joseph, wegen Raubmordes an Kanonikus Schwarz, am 9. Mai 1850 in München hingerichtet. 4) Grübed Augustin, wegen verschiedener Raub-Verbrechen zur lebenslänglichen Kettenstrafe verurtheilt. 5) Der Doppelmörder Johann Eppensteiner, in München hingerichtet. 6) Hahn Dominikus, gewesener Schullehrer in Konzell, wegen Mords am 13. Aug 1847 in Mitterfels hingerichtet. 7) Die Kindsmörderin Birnbaum, im Monate November 1836 zu München hingerichtet.

Sämmtliche Personen tragen die Gefängniß-Kleidung (die graue Kutte), mit der sie zur Richtstätte geführt wurden. Die ersten vier sind mit Ketten und Banden versehen.

Eintrittspreis 6 Kreuzer. (Kinder zahlen die Hälfte.)

Der Schauplatz ist im Bäcker Bruckmüller'schen Hause nächst dem Dultplatze.

(b)   **Joseph Hammer,**
Wachsfiguren-Fabrikant aus Regensburg.

Glossar

aussegnen	dem Verstorbenen letzten Segen geben
Bangert	Schimpfname für uneheliches Kind
Blunzen	Speckblutwurst
Bratzn	die Hand, die Hände
Bruad	Brut, hier als Schimpfwort
Erdäpfel	Kartoffeln
Flez	Hausflur
Gantmasse	Konkursmasse
Gäuwagl	Kutsche
Gfikat	abfällig: Geflügel
Giftnudl	Giftnudel, hier als Schimpfwort
Gottesacker	Friedhof
Gred	gepflasterter Bereich vor dem Haus (terrassenartig)
Gremeß	oder Leichenschmaus, Essen nach Trauerfeier
Gwasch	Brühe
Heiß	Hengst
Henna	Henne, Huhn
Hirschfänger	Jagdmesser
Kirdamarkt	Kirchweihfest mit Marktbetrieb
Kletzn	getrocknete Früchte, meist Zwetschgen
Kornmandl	zum Trocknen aufgeschichtetes Getreide
Kuchl	Küche
Leich	Beerdigung
Millisuppn	heiße Milch, oft mit Salz und Pfeffer gewürzt
Muadda	Mutter
Nasch	Mutterschwein, hier als Schimpfwort
Protzbauer	wohlhabender Landwirt
Schafkopfblatt	bayrisches Kartenspiel
Schupfa	Scheune, Schuppen

selchen	räuchern
Speis	Speisekammer
Tagelöhner	Gelegenheitsarbeiter
Tagwerk	u. a. Flächenmaß: entspricht $1/3$ Hecktar
Trebernsuppn	Suppe mit Teigklümpchen
Veilchen	blaues Auge
Wachten	Totenwache halten
Waidling	braunes rundes Tongefäß
Wasserschnalzn	Brotsuppe
Wetzstoa	Wetzstein, Schleifstein
Wuidara	Wilderer
Zuchthäusler	Gefangener
Zügenglocke	Sterbeglocke

Wochentage:

Moda	Montag
Irta	Dienstag
Migga	Mittwoch
Pfinsta	Donnerstag
Freida	Freitag
Samsta	Samstag
Sunnda	Sonntag

Quellen

Archive der Bistümer Regensburg und Passau

Tauf- und Sterbebücher für die persönlichen Daten der beschriebenen Personen

Pfarrei Straubing, St. Jakob, aus dem Sterbebuch 1851

Johann Baptist Aigner, Lebensgeschichte

Historischer Verein für Straubing und Umgebung 1898 e.V.

Auszug aus der Anrede zur Hinrichtung der Räuber Matzeder und Reiter

Staatsarchiv München, Gefängnis und Armenhaus Neudeck

Johann Pollinger, Aus Landshut und Umgebung, 1908

Hans Schlappinger, Straubinger Hefte Nr. 32

Johann Straßenberger, Heimatbuch von Oberhausen

Max Baumeister, Chronik des Marktes Simbach bei Landau

Staatsarchiv Landshut, Verhandlungsprotokolle der Verurteilungen von Franz und Joseph Matzeder sowie Briefprotokolle und Kataster

Donau-Zeitung, 15. Sept. 1851, Anzeige Wachsfigurenausstellung von Joseph Hammer

Landshuter Zeitung, 26./27. Juni 1851, Münchner Herold, 28. Juni 1851

Berichte über die Hinrichtung der Räuber Franz Matzeder und Franz Reiter

Kurier für Niederbayern, 10. März 1856 und Landshuter Zeitung, 6. März 1856 Berichte über Verurteilung des Brandstifters Stephan Freilinger

Bildnachweis

Zeichnungen: Robert J. Führmann, Pilsting, 2012

Bänkelsänger mit Frau und ländlichem Publikum, Schweizerisches Landesmuseum Zürich

Repro des historischen Kupferstichs der Räuber Franz Matzeder und Franz Reiter, 1851

Teufelsdarstellung, Ins Land der Franken fahren, 3. Band, Jahrgang 1959/60

Lexikus.de – Zimmermann Alfred – Die Wilderer

Bauernhofarchiv.blogspot.com – Eine Altenburger Bauernhochzeit

Grafik Steckbrief: © redeyeimages – Fotolia.com

Die Autoren
Karl Kieslich und Fred Haller

Karl Kieslich (links) wurde am 5.11.1950 in Simbach bei Landau geboren. Der Hobbyhistoriker und Buchautor widmet sich schon seit über 20 Jahren der Erforschung seiner bayerischen Heimat. Mit seinem Buch „Landleben" erzielte er bereits 1994 überregional große Erfolge.

Fred Haller (rechts) wurde am 19.8.1967 in Mamming geboren. Er recherchierte akribisch viele Fakten über den Räuber Matzeder und entdeckte dabei die Liebe zur bayerischen Literatur. In Mundartdialogen lässt er die historischen Personen lebendig werden.

Der Illustrator
Robert Johann Führmann

Die Zeichnungen zu diesem Buch stammen zum größten Teil von Robert Johann Führmann aus Pilsting, der seit seiner Jugend als Autodidakt Bilder in Aquarell-, Feder- und Bleistifttechnik anfertigt. Er wirkte im Matzeder-Filmprojekt als Darsteller mit und produziert seit 2011 eigene Filme.

Buchhinweis

Fred Haller – Karl Kieslich

„Matzeder – Räuber, Mörder, Delinquent" Altbayern 1810 – 1851

erschienen im Eigenverlag, 2010
ISBN 978-3-00-031576-3

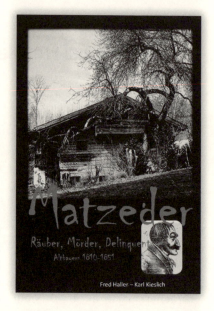

Im Sommer 1810 brachte eine ledige arme Seele den kleinen Buben zur Welt, dem zeitlebens die Boshaftigkeit ins Gesicht geschrieben stand. Seine Verstocktheit und Gefühlslosigkeit ließen schon im Kindesalter einige alte Weiber zu unheilvollen Prophezeihungen hinreißen. Ob sie nun recht behielten, weil der Teufel selbst von seiner Seele Besitz ergriffen hatte, oder ob die widrigen Umstände der Armut und Ausgrenzung den jungen Charakter geformt hattten, wer kann das heute beurteilen? Franz Matzeder war einer der gefürchtetsten Verbrecher des 19. Jahrhunderts in Altbayern. Als Anführer der „Matzöder Räuber" erlangte er traurige Berühmtheit"

Für diese Buch wurden in vielen Recherchen historische Belege und Überlieferungen zusammengetragen. Durch Beschreibung der Lebensumstände und vielen Szenen aus ihrem Leben zeichnen die Geschichten das authentische Bild der berüchtigten „Matzöder Räuber". Die beschriebenen Personen sind, soweit belegt, richtig wiedergegeben. Nur wenige aus dem Umfeld sind frei erfunden.

Erhältlich beim Straubinger Tagblatt, Leserservice, Ludwigsplatz 32, 94315 Straubing, Telefon 09421 940-6700.